집이 그리웠다

집이 그리웠다

초판발행일 | 2021년 7월 31일

지은이 | 손나래
펴낸곳 | 도서출판 황금알
펴낸이 | 金永馥

주간 | 김영탁
편집실장 | 조경숙
인쇄제작 | 칼라박스
주소 | 03088 서울시 종로구 이화장2길 29-3, 104호(동숭동)
전화 | 02) 2275-9171
팩스 | 02) 2275-9172
이메일 | tibet21@hanmail.net
홈페이지 | http://goldegg21.com
출판등록 | 2003년 03월 26일 (제300-2003-230호)

값은 뒤표지에 있습니다.

ISBN 979-11-89205-97-3-03810

손나래 에세이

집이 그리웠다

황금알

필자는 정규학력 초등학교 졸업장도 없었으나, 어릴 때부터 문학에 꿈을 두고, 늦은 나이에 대학원까지 공부를 하였습니다. 그리고 한국문인협회 『월간문학』 시로 등단하고 시집 『지구특파원보고서』를 상재하여, "한국문화예술위원회 2018년 2차 세종나눔우수도서선정"되기도 하였습니다.

이 글은 필자가 위에서 언급한 바와 같이 왜 초등학교도 졸업을 못 했는가?라는 내용이 주를 이루고 있습니다. 에세이 형식으로 필자의 주관적인 내용이 일부 들어 있으며, 나머지는 어릴 때부터 자라온 자서전 같은 내용입니다. 배경은 필자의 아버지가 독사에 물려 다리를 잘라낸 불행에서 이야기가 시작됩니다. 아버지가 청소년 시절 독사에 물렸으나, 가난으로 즉시 병원에 가지 못해 다리가 썩어 잘라낸 과거 때문에, 아버지 슬하의 우리들이 겪은 불행한 과거가 생생하게 담겨 있습니다.

이러한 관계로 필자는 일찍이 아버지의 장애와 가난으로 인하여 8살부터 아버지 대신 지게를 져야 했으며, 아버지 심부름으로 거리에서 담배꽁초를 줍다가 순경에게 오해를 받아 뺨까지 맞은 이야기와 12살에서는 집에서 끼니를 때우지 못하고 남의 집 머슴살이로 해서 온갖 궂은일을 했습니다. 그럼에도 불구하고 장성하여서도 아버지 가난의 그림자를 벗어나지 못했습니다.

또한, 아버지가 장애로 인한 스트레스가 신경질적으로 변하여 가족이 분풀이 대상이 되어, 우리들과 어머니는 아버지로부터 구타로 서러움을 겪은 이야기도 있습니다. 그리고 아버지는 장애로 인한 스트레스가 병이 되었습니다. 투병하는 아버지를 지켜보는 나의 연민도 일부 있습니다. 그러나 원망이 더 많았습니다.

아버지는 후천적 장애로 어쩔 수 없이 지독하게 불우한 환경이었지만, 고생하는 어머니나 우리에게 따뜻한 말 한마디 들어 본 기억이 없었습니다. 이러한 기억에서 우리 가족사 과거를 떠올리는 글과 개인의 일상에서 느낀점, 지구환경에 관한 필자의 시선과 코로나 시국에 관한 이야기도 있습니다. 부족하지만 끝까지 읽어 주시면 감사하겠습니다.

차 례

안분지족

눈길 가는 길이 있다. 진양교*에서 남강변 북쪽으로 산책로가 있다. 아지랑이가 아름아름 길을 보듬어 있다. 오른쪽에는 수천 년 남강물이 깎아 먹은 절벽이 진주 팔경의 하나로 '뒤벼리'라고 한다.

그리고 강물 따라 조금 위에 촉석루는 '욕심' 없는 마음으로 마루를 비우고 있다. 임진왜란, 그날의 함성을 귀에 담은 채 논개 바위를 바라만 보고 있다. 논개바위 여울물은 아직도 돌고 있다. 그때의 여울물이 아직도 돌아 내려온다. 뒤벼리에 부딪힌다. 가락지 같은 거품을 낸다. 논개의 한이 가락지 거품으로 자꾸 살아나는 기분이다.

진주대첩 때 6천만 의병과 민관군이 피를 흘렸다. 그 피가 강물에 섞여 뒤벼리에 묻어 있을 것이다. 도요토미 히데요시가 대륙의 '욕심' 때문에 흘린 피, 그 피의 원혼이 뒤벼리 절벽에서 메아리로 들리는 것 같다.

진주대첩을 뒤로하고 뒤벼리 밑에는 사람들의 평화로웠던

놀이터였다. 옛날 역사 사진을 보면 아낙네들의 빨래터였다. 나는 어릴 때 대나무를 가지고 낚시도 했던 곳이다. 낚시로 메기를 낚아 의병이 죽창으로 왜놈을 찌르듯이 대나무에 꿰어 달아서 어깨에 메고 오곤 했다. 지금은 산책로 위로 복개를 하여 왕복 6차선 도로로 차들이 쌩쌩 달리고 있다. 내가 어릴 때는 손수레가 다닐 정도의 길밖에 없었던 길이었다.

다시 산책로로 눈길을 돌린다. 뱀처럼 구부정하게 잘 포장된 길이다. 산책길에 중앙선이 있다. 오가는 사람들이 듬성듬성 있고, 가끔 자전거도 다니고 있다.

그런 진양교 밑에 누구보다도 '욕심' 없는 사람이 있다. 우산으로 지나가는 사람들을 가리고 있다. 남강에 시선을 고정한 사람, 간들간들한 봄바람이 쓰다듬고 있는 강물을 바라보고 있다. 반쯤 기울어진 봄 햇살을 얼굴에 마사지하며, 강물만 바라보고 있다. 헤어스타일은 수숫대 같아서 남자도 여자도 아닌 그냥 사람이다. 닳은 운동화는 나란히 벗어놓았다. 때 묻은 이불도 반듯하게, 입고 있는 겨울 점퍼의 때가 햇살거울*로 반사되고 있다. 늦은 봄인데도 아직 겨울옷을 벗지 못하고 있는 것이 철 잃은 철새 같다. 점심때 먹은 냄비와 수저 그릇은 가지런히 놓여 있다. 그 옆에 라면 하나가 빌딩처럼 서 있다.

나는 저렇게 걱정 없는 사람 처음 본다. 아나키즘 사상으로,

배낭에 기대여 세상에서 가장 민주주의 자세로, 남강의 윤슬과 그 속에 뛰노는 물고기를 LIVE 감상하고 있으니, 위로는 차가 지나가고 탱크가 지나가도 걱정 없는 지붕이 있고, 옆에는 총알이 날아와도 막아주는 교각이 있고, 우산만 펼치면 벽이 되고, 입은 옷은 햇살이 빨아주고 바람이 탈수를 해 주고 가니……

　나는 같이 산책 나온 손자에게 초코파이 하나 사 주었다. 아이는 세상 모든 것을 다 가진 행복한 얼굴이다. 부의 상징인 저 빌딩을 준다 해도, 지나가는 외제 자동차를 준다 해도, 아이는 손에 들고 있는 초코파이와 바꾸지 않을 것이다.
　내가 어릴 때 낚시로 메기를 잡아 어깨에 메고 집으로 올 때, 누군가가 메기를 팔라고 하였다. 나는 돈과 바꾸지 않았다. 낚시꾼이 월척을 잡았을 그때 기분은 빌딩이나 외제 자동차를 가진 것보다 순간적으로는 더 기쁘다. 그 기쁨을 돈과 바꿀 수 없을 것이다.
　세상을 등지고, 우산으로 내일을 가리고 있는 저 사람도, 빌딩을 준다 해도 관리 걱정에, 외제 자동차를 준다 해도 사고 걱정에, 옆에 있는 라면 하나와 바꾸지 않을 것이다. 머리가 수숫대 같은 저 사람은 일부러 노숙자가 되었는지 모른다. 지금, 이 순간 내가 보기에는 세상에서 가장 걱정 없는 사람으로 보인다. 산책로에 다니는 사람 누구보다도 걱정이 없는 사람으로, 집 걱정 없이 비만 피하면 되고, 우산 하나 가리면 벽이 되고, 가는 데가 집이고, 앉은 터가 방이 되어서 걱정이 없어 보인다.

높은 빌딩을 가진 사람은 높은 만큼 걱정도 높을 것이다. 태풍이 오면 유리창이 날아갈까 걱정이 되고, 내부적으로는 회계에 손익 따위가 걱정될 것이다. 산책로에 다니는 사람 중에도 방 월세를 못 내서 걱정하는 사람도 있을 것이고, 월세를 내준 사람도 월세를 제때 못 받아서 걱정하는 사람도 있을 것이다.

언젠가 뉴스에서 우리나라 제일가는 재벌가가 높은 빌딩에서 떨어져 자살한 뉴스를 본 적이 있다. 외부에서 우리가 보기에는 돈 많은 기업 회장은 무슨 걱정이 있을까 하는 생각을 하지만, 재벌이 돈 때문에 자살하는 것을 보면 돈 많은 것도 걱정이다. 가진 것만큼 걱정도 같을 것이다.

세상 대부분이, 걱정처럼 사건에는 돈이 그 중심에 있다. 우리나라 대통령을 지낸 한 사람도 결과적으로 돈 때문에 자살했다. 인간 욕구 매슬로 5단계의 자아실현에서 대통령 이상은 없을 것이다. 대통령만큼 큰 자아실현이 어디 있겠는가? 그러나 우리나라는 무슨 일인지 자살한 대통령뿐만 아니라, 대부분이 대통령을 지내고 나면 돈 때문에 감옥살이하는 것이 어쩌면 관례로 되어 있다. 권력을 차지하는 데에서 그 중심에는 항상 돈이 개입한다. 돈이면 세상만사가 해결된다고 생각하고 있다. 사람이 살아가는데 돈이 있어야 생활이 되는 것은 사실이다.

그러나 돈이 항상 '욕심'을 부른다. 정치나 사회에 어느 사건의 중심에는 돈이 콘크리트 안에 철근처럼 있다. 철근을 둘러싸고 있는 콘크리트 포장에서는 철근(돈)이 아니라고 우기지만, 파보면 안에는 철근이 숨겨져 있다. 철근이 없으면 사건은 일어나지 않는다. 철근이 없으면 집을 지을 수 없듯이 사건은 잉태하지 않는다.

필자도 가난한 젊은 시절 돈에 목을 매고 발버둥을 쳐보았다. 결국 돈이라는 것을 수단으로 보지 않고 목적으로 보아 '욕심'을 내면 삶이 더 힘들어진다는 것을 깨달았다. 우선 먹고 사는 데만 지장이 없으면 된다. 돈이라는 것은 우리 생활에 윤활유로 생각하지, 그 이상을 생각하고 돈에 목을 매는 사람은 항상 불행이 따른다. 윤활유라는 것은 기계가 돌아가는 데 필수지만, 지나치게 많으면 기계가 망가진다.

나는 아들에게 항상 돈을 너무 '욕심'내지 말라고 한다. 좋지 않은 것에는 항상 그 속에 돈이라는 놈이 사건을 저지른다. 성경에 보면 돈은 일만 악의 뿌리라고 하였다. 욕심이 돈이고, 돈은 항상 걱정을 물어다 주는 전령사이다. 그 중심에 욕심은 사건의 씨앗이다. 도요토미 히데요시도 대륙의 '욕심' 때문에 임진왜란을 저질렀다.

　남강변에서 우산으로 세상을 가리고, 돈을 가리고 '욕심' 없이 흘러가는 강물 바라보고 있다. 저 사람이 이 순간은 가장 행복한 사람이다. 가진 것이 없으므로 걱정할 필요가 없다. 걱정 없이 자연스럽게 흘러가는 강물만 감상하고 있다. 세상에서 가장 마음을 비운 사람으로 보인다.
　손자 아이도 초코파이 하나를 손에 쥔 것이 세상을 다 가진 것처럼 행복한 얼굴이다. 다른 것에는 더 욕심이 없다. 빌딩이 눈에 보여도, 외제 자동차가 지나가도 관심이 없다. 손에 쥔 것의 초코파이 하나에 세상 모두를 가진 것처럼 만족한다.
　지족자부하면 행인자수라 했던가?

＊ 진양교: 경남 진주시를 동서로 이어주는 교량.
＊ 햇살거울: 점퍼의 때가 햇살에 반짝이는 것을 보고 필자가 임의로 생각한 합성어.

졸참나무

"이번 쓰나미는… 역시 천벌이다."
- 2011년 3월 11일 일본 대지진 직후 '이시하라 신타로' 일본 도쿄
지사 기자 회견에서.

숙호산※ 등산로, 초라하지만 이름표 당당하게 목에 걸고 서
있는 졸참나무, 졸참나무 앞을 지나다가 다시 한번 그를 본다.
지나가는 사람들, 하필이면 졸참나무, 졸참나무라고 하는 비
웃음에도 쫄지 않고, 이름표 당당하게 걸고 서 있는 그대는 누
구인가?

높이가 없어 태풍에 쓰러질 걱정 없고, 폭설에도 허리 부러
지는 악몽 꾸지 않을 그대는 수많은 전쟁 그림자 수하에 깔지
않았기에 지진이 와도 '천벌' 받지 않을 것이다.

옛말에 "뿌린 대로 거둔다."라는 말이 있다. 불교에서는 "인
과응보"란 말이 있듯이 사람이 죄를 지으면 감옥에 가는 것은

당연한데, 죄를 지어도 감옥 가지 않는 사람들이 있다. 감옥에 가기는커녕 오히려 지은 죄를 정당화하면서 안 했다고 거짓말하는 것이 더 괘씸할 것이다. 뻔뻔하게 저질러 놓고 안 했다고 우기는 철면피 안에 죄를 숨기고 있는 사람들이 있다.

일본 사람이 그렇다. 지은 죄는 수없이 많지만, 그중에 위안부와 강제징용 문제가 대표적이다. 위안부는 시퍼렇게 살아 있는 증인도 있고, 기록도 있는 데도 '매춘부'라 하는 것은 적반하장이고, 강제징용도 기록이 있는 데도 그런 사실이 없다는 것은 눈 감고 아웅 하는 일이다.

"도둑놈이 제 발 저린다."라는 말도 있다. 겉으로는 아니라고 우기지만, 속으로는 무언가 불안할 것이다. 사상 유래 없는 미증유의 쓰나미가 일본의 큰 재앙으로 몰고 갔을 때 일본인의 마음이 덜컹했을 것이다. 순간적으로 내뱉은 말, 당시 도쿄지사였던 '이시하라 신타로'의 말이 진실이다는 생각이 든다. "역시 천벌을 받았다"라는 말이 불편하게 내재 되어있던 것이 닥친 재앙에 자기도 모르게 순간적으로 튀어 나왔다고 생각한다.

이것이 도쿄지사뿐만 아니라 어쩌면 일본인 전체가 마음속에 있을지도 모른다. 하지만, 일본인의 큰 반발로 하루 만에 기자회견 말을 취소했다. 진짜 천벌을 저지른 것은 사실이니까, 솔직히 받아들이면 숨기려고 했던 일본의 거짓말이 탄로날 것이다. 지은 죄가 없다면 천벌이라는 말에 그렇게 크게 반발하지 않았을 것이다. 제 발 저리는 일도 없을 것이다. 그렇지 않은가. 죄가 없는 사람에게 천벌이니 만벌이니 무슨 소리를 해도 상관할 바가 아니다. 그저 참새가 지저귄다고 생각할 것이다.

뻔뻔한 죄는 다 저질러놓고, 그러다 난데없는 벼락이 덮치니까, 과거가 생각났던 것이다. 죄지은 사람이 벌을 받는 것을 일본 사람도 알고 있다. 죄의 과거가 없었다면 천벌이라는 것은 생각도 못 했을 것이다. 죄가 없는 사람에게 벌을 주지 않는다는 것을 모르는 일본인은 없다. 과거에 쌓인 죄를 억누르고 있다가 순간적으로 '천벌'이 튀어나온 것이다.

반면에 우리나라는 어떤가. 졸참나무처럼 덩치 큰 이름들이 호랑이처럼 둘러싸고 위협하며 한 발짝씩 다가오는 영역 다툼에도, 자리 지키면서 이파리 피우고, 작은 열매가 큰 열매보다 매운 것은, 야욕을 태평양에 담배꽁초 버리듯 버렸기 때문이다. 우리나라는 일본 쓰나미 같은 천벌은 받지 않았다. 만약에 우리나라가 그런 일을 당했다고 생각해보자. 누가 천벌을 받았다고 해도 일본처럼 크게 지은 죄가 없으므로 크게 반발은 하지 않았을 것이다. 그저 하늘이 하는 일이라 생각할 것이다. 왜냐하면 지은 죄가 없기 때문이다. 반만년 역사에 우리나라는 남의 나라를 한 번도 침략한 사실이 없다. 수없이 침략을 받아도 우리는 침략하지 않았다.

반면에 일본은 조선을 침범하여 땅은 일본 병참기지로 전락시켰고, 사람은 인간 병기로 사용했다. 세계 어느 전쟁사에도 없는 무시무시하게 나쁜 짓은 다 해놓고 지금은 뻔뻔하게 발을 자르고 있다. 우리는 자른 발을 보고 더 분개한다.

자른 발들의 발목을 들고 있는데도, 자기 발이 아니라고 우기고 있다. 신발 문수가 같은 데도, 그들에게 밟힌 자국을 보여주어도 아니라고 우기는 일본의 심보는 안에 무엇이 있을까? 아마도 속에는 문어먹물 같은 것이 있을 것이다. 문어발처럼 빨판을 내밀었던 대가리에는 먹물이 있을 것이다. 문어가 자기 흔적을 지우기 위해서 뿌리는 것이 먹물이다. 일본은 잘라낸 자기 다리를 숨기기 위해 먹물을 뿌리고 있다. 천벌이라는 말에 반발하는 것도 곧 먹물이다.

그리고 반발이 크다는 것은 지은 죄는 크고, 그것을 속으로 숨기고 있던 것이 사상 유례없는 재앙이 닥치자, 불쑥 속에 있던 말을 순간적으로 도쿄지사가 했다. 내뱉고 보니 바른말이기 때문에 일본인은 더욱더 반발했다. 큰 것을 덮기 위해서는 더 큰 것이 있어야 덮어지는 것이 상식이다. 큰 것을 작게 하면 덮어지지 않는다. 큰 죄를 지었으니 크게 반발했다.

한때는 우리나라 지도를 보고 일본은 토끼라고 했다. 토끼는 나약하여 항상 귀를 세우고 도망을 가야 하는 동물이다. 일본은 우리나라를 그렇게 생각했다. 한 번은 토끼를 잡으려다 혼쭐이 났다. 도망 다니는 토끼는 잡지 못하고, 난데없는 거북이한테 혼쭐이 나서 도망했다. 그러나 두 번째는 손아귀에 넣고 온갖 나쁜 짓을 다 해 주물렀다.

우리나라 지도에서 숨은그림찾기를 잘해보니 토끼가 아니라 호랑이였다. 이제는 토끼가 아니라 호랑이로 변신했다. 변신이 아니라 한반도는 원래 호랑이였다. 사람 마음은 변해도 삼천리강산 지형은 그대로다. 변해서 호랑이가 된 것이 아니다. 보는 입장에서 사람 마음이 변한 것이다. 일본은 침략대상으로 토끼로 생각했다.

우리나라 호랑이는 토끼처럼 순한 호랑이었다. 사람을 잡아먹는 호랑이가 아니다. 대대로 사람에게 추앙받는, 누구도 해치지 않는 순진한 호랑이였다. 남에게 발톱을 드러내지 않는 호랑이였다. 순진한 것을 토끼로 보아서 일본은 승냥이 발톱을 드러냈다. 일제는 승냥이라는 야만의 발톱을 드러내고 우리 문지방을 사정없이 넘어왔다.

쓰나미가 일본을 쓸어버린 것처럼 일제는 우리나라에 밀고들어왔다. 우리나라가 그렇게 일본에 당해도 천벌이라는 생각은 한 번도 안 했다. 천벌 받을 죄가 없기 때문이다.

우리가 일본에 당한 것도 쓰나미 같은 재앙이다. 오랜 세월 속에서 그렇게 당하고도, 우리나라 사람들은 하늘을 원망했다. 하늘만 쳐다보면서 한숨만 짓고 우리 자리만 지켰다.

그렇게 우리는 이름표 목에 걸고 서 있는 졸참나무처럼 당당하게 살아왔다. 주변에서 자리다툼으로 덩치 큰 나무들이 밀고 들어와도 당당하게 이름표 걸어왔다. 일본처럼 욕심을 부린 것이 아니라 욕심을 태평양에 담배꽁초 버리듯 버리고 우리 자리만 지켜왔다.

나는 빗살 같은 햇살이 꼿꼿하게 서서 호랑이 등을 빗질하고 있는 숙호산을 보면서 내려온다.

* 숙호산: 경남 진주 평거동에 호랑이 전설이 있는 산.

도둑놈 소굴

우리 집 마당
비단잉어 집에 날마다 도둑이 든다.

무료급식 식당도 아닌데
쥐새끼들이 뒤주에 쌀을 훔쳐 먹듯,

하늘이 부끄러운지
한입 먹고 하늘 한번 쳐다보고
두 번 먹고 CCTV와 주인 살피느라
두리번거리고 하는 것들

참새는 떼도둑으로
나비는 살짝 도둑으로
벌들은 바늘도둑으로 와서 먹는
도둑을

맞으면 아파야 하는데,
맞아도 아파하지 않는다. 비단잉어는

산골 옹달샘도 아닌데
수련꽃도 모른 척하고
날마다 입째로 먹는 것들

먹고 꽁무니 빼놓고 달아나는
비단잉어 소굴이, 도둑놈 소굴이다.

남의 집에 들어가서 무엇을 주인 허락 없이 먹고 가면 도둑놈이 된다.

우리 집 정원에 작은 연못이 있다. 연못이 아니라 비단잉어의 집이라고 할 수 있다. 이 집에 주인의 허락도 없이 날마다 와서 물을 훔쳐 먹고 가는 종자들이 있다. 그들도 집을 짓고 살 것인데, 그래도 양심은 있는지 남의 집에 와서 눈치는 살피면서 먹는다. 현대식 건물에 익숙하여 CCTV가 있는지 없는지와 주인 눈치도 살피면서 먹는다. 먹고 갈 때는 또 양심이 있는지 꽁무니를 값으로 지불하고 간다.

어떻게 보면 값을 꽁무니로 지불했다는 것은 보는 사람의 생각이지, 사실은 물만 축내고 간 것이다. 이것을 일반적으로 도둑을 맞는다고 생각할 수 있다. 맞는다는 것은 능동이 아닌 피동이다. 피동은 자기 의사와 관계없이 어떤 물리적인 힘이 와 부딪힌다는 것이다.

만약에 일반 집에서 도둑을 맞았다든지, 혹은 길 가다가 어느 사람에게 한 대 얻어맞았다고 생각해보자. 도둑을 맞으면 마음이 아프고, 매를 맞으면 몸이 아프다. 하지만, 비단잉어는 아파하지 않는다. 이것은 자연의 이치에 능동적으로 순응한다는 것이다. 다시 말해 사람도 산골짝에서 목이 마르면 옹달샘에서 물을 마신다. 이런 것이 자연적인 순리이다. 이 순리에 비단잉어도 물이 자기 집인데, 집을 축내고 가도 아파하지 않는다는 것은 능동적인 것으로 생각된다.

이 능동이 아닌 피동이 사회에 문제를 일으킨다. 능동은 자연이나 사회의 법칙을 따르는 것이 순리이다. 매스컴에 전하는 뉴스를 보면 능동으로 하지 않고 피동으로 한 사건이 화면이나 지면을 채운다. 사건의 내용을 들여다보면 모두가 피동이 안에 있다. 보통 과일들을 보면 과육이 포장한 속에는 씨앗이 숨겨져 있는 것처럼, 내용 본질의 욕심이 피동으로, 순리 (법칙)에 어긋나는 것을 알면서도 하려는 것이 과육으로 감싸고 있는 것이나 마찬가지다.

뉴스에 제일 많이 나오는 정치판을 보면 도둑놈들이 싸움하는 소굴로 보인다. 개인적으로는 청와대나 국회에서 하는 짓

거리를 보면 우리 집 비단잉어보다 행동지능지수가 낮다고 생각된다. 그들이 능동이라는 동사를 모를 리는 없다. 그러니까 지능지수가 아닌 행동지능이 떨어진다는 생각밖에 할 수가 없다. 아무리 많은 지식을 가지고 있어도 그것을 행동으로 실천하지 못하면 폐기 처분하는 쓰레기로 취급할 수밖에 없다.

폐기 처분하는 쓰레기에도 성분이 있다. 어떤 것은 재활용이 되고 어떤 것은 재활용도 안 된다. 정치판에서 싸우는 쓰레기는 재활용해서는 안 된다. 재활용한다면 나라도 쓰레기로 전락할지 모르는 위기를 맞을 것이다. 나라야 쓰레기로 변하든지 관심이 없는 위정자들은 자기 배만 불리면서 피둥피둥 살을 찌우려고, 직위를 이용하는데 머리를 갖다 바치면서 투기를 했다. 죽도록 개고생하고 밥도 제대로 못 먹는 일반 서민들 입장에서는, 허탈이, 날뛰는 서울 부동산값보다 몇 배는 더 뛰었을 것이다.

가끔 튀어 오르는 우리 집 연못에 비단잉어를 보면서, 올랐으면 내려올 줄도 알아야 한다는 생각했다. 오르고 보면 더 높은 곳으로 가려고(가진 것도 많은데) 더 욕심으로 시끄럽게 하는 우리나라 위정자들은 비단잉어보다 행동지능지수가 낮다. 자기 자신과 자기편의 이익에만 생각하는 것은, 능동이 아니고 피동 인물의 멋진 초상화를 보는 것 같다.

나는 자연인이다

　캐리비안* 온천 노천탕에서 자연인으로서 온 우주를 몸속으로 들인다. 우주 기운을 온몸에 바르기도 하고 입기도 한다. TV에서 〈나는 자연인이다〉라는 것은 포장된 상품이다. 시청률 높이려는 뻔한 시청자 눈속임이다.

　진짜 자연인은 겨울이든, 여름이든 부끄러운 것 미련 없이 다 보여주고, 최초의 에덴동산에서 인간이 숲속을 거니는 것이다. 눈이 오면 맨몸으로 눈을 맞고, 비가 오면 비를 맞고, 구석기 하늘과 구름을 쳐다보면서, 가끔 고개 내미는 신석기 햇살과 입맞춤하고 바람과 맨살 비비는 것이다.

　저기 보이는 산 같이 철마다 옷을 갈아입는 것이 아니고, 아무리 철이 지나도 옷을 바꾸지 않고, 아무리 추워도 아무것도 입지 않는 이곳이 진짜 자연인이 사는 곳이다.

　필자는 사우나를 취미라 할 정도로 자주 간다. 대부분 사우

나에는 노천탕이 없다. 하지만 내가 자주 다니는 캐리비안 온천에는 노천탕이 있다. 그곳에서 알몸으로 하늘과 멀리 산들을 보면서, 아 이게 진짜 자연이라는 것을 생각했다. 태생적 그대로 문명을 하나도 걸치지 않고 있다. 우주에서 불어오는 바람이 피부에 다이렉트로 달라붙는다. 자연감정이 은유로 변질하지 않고 날것으로 맨살에 달라붙는다. 피부에 바람이 옷이 된다. 어리석은 사람은 보이지 않는 옷이 아니라, 똑똑한 사람만 보이는 옷이 된다. 나는 새 옷을 좋아하는 임금님처럼 좋아했다. 시원하기도 했다.

세계 명작인 안데르센 동화『벌거숭이 임금님』내용을 보면, "새 옷을 좋아하는 임금님이 살았다. 어느 날 재단사들이 임금님을 찾아와 '어리석은 사람 눈에는 보이지 않는 옷'을 만든다고 하였다. 임금은 그 옷을 만들어 달라고 했다. 재단사들이 옷감을 짜는 동안 신하들을 보내 옷감을 보고 오라 했다. 신하들은 모두 옷감이 보이지 않았지만 어리석은 사람이 되기 싫어서, 보인다고 임금에게 말했다.

마침내 임금이 옷을 입어보았다. 재단사들은 임금에게 옷을 입히는 척했고 신하들은 좋은 말로 거들었다. 임금은 그 옷을 입고 행진하기로 했다. 백성들은 모두 어리석은 사람이 될까 봐 보이는 척 칭찬을 했다. 그때 아이가 다가와 "벌거벗은 임금님"이라 소리쳤다. 백성들은 모두 웃었고 임금은 부끄러워 어쩔 줄 몰랐다." 때 묻지 않은 어린아이는 거짓말을 하지 않는다. 때 묻은 어른들은 똑똑한 사람이 되기 위해 보이지 않는 것을 보인다고 말했다. 하지만 아이는 때 묻지 않은 자연에 가까우므로 보이는 대로 말했다.

그래서 TV에서 〈나는 자연인이다〉라는 것을 제대로 방송하려면 아무것도 입지 않고 태생적 자연인 그대로 촬영해야 '진짜 자연인이다.' 벌거숭이 임금님처럼, 그렇게 되면 시청률을 높이려고 애쓰지 않아도, 엄청난 시청률이 나올 것이다. 처음에는 그렇게 시청률이 높아도 계속 방영하게 되면 시청률은 떨어질 것이다. 사실상 그것 말고는 더 볼 것이 없기 때문이다. 무슨 옷을 입는다든지 해야 무엇이 달리 보일 것인데, 맨 날 보는 그것만 보게 되면 곧 싫증을 느껴서 방송도 종영될 것이다.

사람이 처음 태어날 때는 모든 것을 다 보여주면서 태어난다. 자라면서 그것을 가리는 것은 부끄럽기 때문이다. 부끄러움이 없다면 겨울에는 추워서 옷을 입지만, 여름에는 아무것도 입지 않아도 된다. 그래야 태생적 자연 그대로 감상할 수 있다. 어떤 사람은 안데르센 동화에서처럼 어리석은 사람이 되지 않기 위해 거짓말을 한다. 부끄러운 곳을 보이지 않게 가리는 것처럼 양심까지 가리고는 있지만, 벌거벗은 임금님처럼 사람들 눈에는 보이는 것도 있다. 진짜 자연인은 양심이고 뭐고 아무것도 가리지 않은 것이 진정한 자연인이다.

* 캐리비안: 경남 사천 진양호에 있는 온천.

체조, 증거

산속에 혼자서
달밤 체조하듯 체조를 한다
나도 언젠가 갈 무덤 앞에서
숲들이 보고 있는 무덤의 영역에서

저 속에 잠들어 있는 사람,
누구도 건들지 않는 편안함 속에서
망두석이 망을 보고 있는 안전함으로
잠들고 있는 사람
살아생전 생각하면서 체조한다

저 속에서
몇백 년 잠들고 있는지 몰라도
저 사람도 살아서 체조했을 것이다

아침 골짜기 흐르는 물에

허리 구부려 세수도 하고

옹달샘에서 물 마시고

산새들 노랫소리에 몸을 흔들며

지나가는 산짐승에게 가끔은 돌멩이도 던지고

메아리를 부르며

한 시절 보냈던 것이 눈에 보인다

아무리 세월이 흘러도

보이는 것은 보이는 것

저 무덤이 살아서 체조했다는 증거다

필자는 어쩌다 보니 허리에 수술을 해서 고생했다. 불가피하게 수술은 하였지만, 허리에 통증은 거머리처럼 붙어있었다. 이리저리 좋다는 약사발은 다 마셔봤지만, 거머리는 떨어지지 않았다. 아프다는 이유로 운동도 자연적으로 자제하게 됐다. 그래서 통증뿐만 아니라 거머리는 뱃살로 부풀었다. 뱃살은 게으름을 더 살찌게 했다. 살이 찌니 게으름은 더 신나게 달라붙어 떨어지지 않았다. 붙으라는 좋은 애인 같은 것은 안 붙고 쓸데없는 것이 붙어 다녔다.

필자가 TV에서 제일 흥미 있게 보는 것은 스포츠 다음으로

〈나는 자연인이다.〉라는 프로그램이었다. 그 프로를 보면 대부분 사람들이 현실에 벗어나는 꿈의 현장 같은 생각이 들었다. 그중에서도 나처럼 아픈 사람이 아무리 좋다는 약은 다 바르고 먹어봤지만, 소용이 없어 산에서 운동으로 아픈 곳을 수리한 사람을 보았다.

그래서 나는 약사발은 집어 던지고 체조를 하기 시작했다. 허리 중심으로 이리저리 돌려가면서 매일 20분 정도 했다. 그리고 팔굽혀펴기도 했다. 처음에는 팔굽혀펴기를 겨우 10개에 시작하여 지금은 90개까지 한다. 그러니 자연적으로 가슴은 부풀고 아랫배는 미스터 코리아처럼 근육질이 생겼다. 누가 보면 몸 자랑한다고 하겠지만, 자랑이 아니라 현실이 그렇다.

처음 1년까지는 별로 몰랐는데, 2년을 넘어 체조하니 이제는 허리에 붙었던 아픈 거머리는 자연적으로 떨어져 나가고 잔뜩 부르던 뱃살도 용감하게 사라졌다. 이것을 게으름을 피우고 약사발에만 의존하는 대한민국 국민들한테 당당하게 공개한다. 모든 것이 '시작이 반'이라는 말만 믿지 말고, 처음 시작하고 습관화되기까지는 고통이 있다. 인내를 가지고 끝까지 하면, 운동을 안 하는 것이, 하는 것보다 더 불편한 진실을 알게 될 것이다.

비단 우리 몸을 건강하게 하는 운동뿐만 아니라, 우리 생활 자체가 어쩌면 삶의 체조가 아닌가 싶다. 체조를 하여 몸을 건강하게 만드는 것같이, 건전하게 생활하는 것도 생활의 체조다.

필자는 산속에 무덤이 있는 곳에서 달밤 체조하듯, 혼자 체조하면서 무덤을 보고 생각했다. 인간이 사는 것은 지금이나 무덤 속에 있는 사람이나 생활은 같은 것을, 물론 시대에 따라 환경은 바뀌고 그 환경에 따라서 행동을 하지만, 기본으로 먹고사는 것은 같다는 생각했다.

아무리 구시대에 살던 사람도 먹어야 살았고, 산속을 헤매면서 짐승에게 돌멩이를 던져 먹이를 구했을지 모른다. 목이 마르면 옹달샘에서 물을 마시고 했을 것이다. 그 샘물이 지금은 안방까지 연결되어 꼭지만 틀면 나오는 시대가 구분되어도 사람이 살아가는 데 있어서 활동하지 않으면 죽은 목숨이나 마찬가지다. 활동이 곧 체조가 되는 것이다. 체조하여 건강한 몸을 만드는 것처럼, 우리의 일상도 살아가는 체조로 생각된다.

그리고 그것을 남긴 증거가 무덤이라는 것을 깨달았다. 나도 언젠가는 갈 그곳에서.

잔치판

우리 집 텃밭에 날마다 일용직 새 일꾼이 온다. 비료 농약을 사용하지 않은 까닭에 작물 잎에는 벌레들 잔치다.

벌레들 잔치에 초대받지 않은 일꾼, 먹고 살려고 온 새 일꾼도 잔치를 한다.

어쩌면 세상이 잔치판이다. 먹고 먹히고 하는 황금 레시피가 아니더라도. 먹이사슬에서 잡아먹고, 찾아서 먹고 하는, 아프리카 표범이 가젤을 잡아 숨겨도 냄새 맡고 찾아드는 하이에나처럼,

아무리 잎사귀 밑에 벌레들이 숨어도 매의 눈으로 찾아 먹는 참새들, 우리 집 텃밭이 먹고 먹히는 잔치판이다.

잔치란 여러 사람이 모여 함께 즐기는 것이 잔치다. 이 잔치에 초대받지 않은 사람이 올 때가 있다. 바로 거지다. 요즘은 결혼식 같은 것을 예식장이나 특별한 장소에서 하지만, 과거

에는 보통 자기 집에서 잔치를 했다. 그날은 일가친척은 물론 동네 사람들도 함께 모여 축하하면서 잔치를 벌인다. 그때 거지들도 와서 음식을 얻어먹는다. 평소에도 거지란 직업은 일하지 않고 남의 것을 얻어먹는 먹는 것이 일상이며, 그날은 잔 칫집의 일원이 되기도 한다.

어쩌면 지구촌 모두가 거지인지도 모른다. 거지란 자기 소유가 아닌 것을 받아먹는 직업을 가진 사람이다. 세상 사람들 중에 자기 것만 가지고 사는 사람은 없다. 어떻게든 남의 것을 먹어야 산다. 동물도 다른 동물의 살을 먹고 식물도 땅에서 영양분을 흡수해서, 남의 것을 자기 것으로 만들어야 사는 것이다. 살아 있는 모든 생명체는 자기 존재 그 자체로는 생명 보존이 어렵다.

이 어려운 세상에 자기가 살아남으려면 다른 생명도 죽여야 산다. 죽이지 않으면 죽는 세상이다. 아프리카 초원의 야생들의 먹이사슬에서 보면 알 수 있다. 먹고 먹히는 잔치판이다. 이 잔치판에 뛰어들지 않고 살 수 있는 생명은 없다. 어떻게든 거지처럼 하여 남의 것을 빼앗아 먹어야 산다. 한마디로 말해 거지가 되지 않고는 생명을 유지할 수 없다는 것이다.

어디를 가든 잔치가 판을 치는 세상에 스포츠도 어떻게 보면 잔치다. 치열한 사각의 링에서도 복싱선수가 상대를 때려

눌혀야 내가 산다. 축구에서도 상대 골문에 골을 처넣어야 살아남는다. 그렇지 않으면 축구 잔치에서 보따리를 싸야 한다. 복싱도 마찬가지다. 대회 잔치에 살아남으려면, 어떻게든 상대를 죽기 아니면 살기로 해서 이겨야 끝까지 잔치에 남을 수 있다. 오직 승자만이 누리는 잔치에 패자는 존재감이 없다. 존재감에서 멀어진 패자는 승자의 밥이 된다. 먹이가 된다. 어떻게 보면 먹이 잔치다.

이 같은 잔치판들 중에서, 우리 집에도 잔치판이 있다. 텃밭에 심어놓은 작물에 '농약 출입금지' 팻말을 붙이고, 재배하기 때문에 벌레들이 살맛 나는 잔치를 벌인다. 그야말로 무공해로 잔치를 벌인다. 이 잔치판에 무공해 냄새를 맡고 아프리카 하이에나처럼 떼거리로 날라 온 참새들도 잔치한다. 잔치에 잔치를 더한다.

나도 잔치한다. 새들의 일당을 빼먹는, 새들이 오지 않으면 내 손으로 일일이 벌레를 잡아야 하는 수고의 일당을, 새들에게 일당을 빼먹는 잔치를 한다. 앉아서 눈으로 보고만 있는 잔치를 한다.

운명

체조 국가 대표를 꿈꾸다 연습 중 사고로 뇌사에 빠진 9살 최동원 군이 장기 기증으로, 8명의 생명을 살리고 세상을 떠남.
　　　　　　　　　－ 2019년 12월 24일 KBS 〈사사건건〉 방송.

운명은 신도 어쩌지 못한다. 운명이 신보다 위대하다. 그러니까 운명 앞에서는 억울해하지 말자.

제 새끼가 죽어가는 것을 보면서, 내가 죽어 새끼가 산다면, 그렇게 하겠지만, 운명은 나보다 위대한 신도 어쩌지 못하는데, 하찮고 위대한 목숨을 인간의 힘으로 어찌 바꿀 수 있겠는가?

천하에 제우스도 운명 앞에서는, 변신이라는 능력이 한계를 부르는, 운명이 운명이다. 그러니 그대로 따르는 것이 거스르고 비통한 마음보다, '운명이라 생각하면 차라리 편할 것이다.'

필자는 이 방송을 보면서 눈물을 흘렸다. 보는 이가 눈물을 흘리는데, 부모의 마음은 어떠했을까 하는 생각을 해보았다. 하늘에서 벼락을 맞은 것이 아니라, 달이 떨어져 맞은 기분이 아닐까? 하는 생각을, 부모의 마음에서는 이보다 더 슬픈 일은 없을 것이다. 차라리 자기가 죽어 아들이 살아난다면, 그렇게 할지도 모르는 것이 대부분의 부모 마음일 것이다. 하지만, 태어날 때 최동원 군이 운명으로 그렇게 태어났다고 생각하면 다를 것이다.

대부분 운동이 다 그렇지만, 특히 체조는 어린 나이에 시작한다. 9살이라면 초등학생으로, 부모의 눈에 넣어도 안 아플 정도로 귀엽고 키우는 보람이 있을 때다. 어떻게 보면 체조 꿈나무인 최 군이 체조하지 않았더라면, 사고를 당하지 않았을 것이라는 생각도 해볼 수 있다. 하지만 죽음을 불러오는 도구는 사방천지이다. 집 앞에서 교통사고로도 죽을 수 있고, 집 안에서 자다가도 산사태로 죽을 수도 있다.

사람이 태어나면 반드시 죽는다는 명제를 생각해도 최 군의 죽음은 억울한 것이 사실이다. 하지만 최 군이 억울한 운명을 태어날 때부터 가지고 있었다고 생각해보자. 운명이라는 것은 신도 어쩌지 못한다고 배웠다. 우리가 잘 아는 그리스 신화에서 천하의 제우스도 운명 앞에서는 어쩌지 못했다. "탁월한 리더십을 발휘하는 올림포스의 바람둥이 제왕 제우스, 위대한 여신에서 질투의 화신으로 추락하는 여왕 헤라, 폭풍노도의 바다처럼 마음과 감정을 여과 없이 폭발시키는 포세이돈, 그리고 만물의 터전인 땅의 어머니 데메테르이다."*에서 "탁월한 리더십을 발휘하다"는 것을 생각해보면, 인간들은 서로 영토를 넓히고 하던 시대에는 황제가 되면 모든 것을 자기 아래에서 다스리려고 하였다.

하지만 제우스 형제들은 제비뽑기를 해서 운명으로 정해진 영토 안에서만 다스렸다. 만약에 그들이 인간들이었다면 서로 침범을 하고, 시대에 따라 주인이 바뀌고 했을 것이다. 그러나 신의 영역 안에서는 불변이다. 인간들은 그러지 못했다. 예로 들어 당시에는 아무리 땅이 넓고 강한 군대를 가진 몽골제국이나 로마제국 같은 것도 결국 망하고 말았다. 이것도 정해진 운명이라면 운명이라 할 수 있다.

운명의 신탁도 거스를 수가 없었다. "제우스가 태어나기 전에 그의 아버지 크로노스는 불길한 예언을 들었다. 아버지 우라노스처럼 크로노스 자신도 아들에 의해 쫓겨난다는 것이었다. 이 운명을 피하고자 크로노스는 아내인 레아에게서 자식들이 태어나자마자 족족 삼켜버렸다. 자식을 잃을 때마다 고통스러웠던 레아는 한 명이라도 구하고자 여섯 번째 아이를 출산할 때 아이 대신 돌덩이를 강보에 싸서 남편에게 건넸다. 그 돌덩이의 이름이 바로 옴팔로스이다. 그리고 진짜 제우스는 아말테이아에게 맡겼다. 그렇게 제우스는 남매 중 유일하게 살아남았다."**에서 제우스의 아버지인 크로노스도 신탁의 운명을 벗으려고 아들들을 삼키는 만행까지 했지만, 결국은 신탁의 운명대로 크로노스도 아들 제우스에게 쫓게 났다.

신화 같은 큰 사건에 비하면 최동원 군이 사망한 것은 사소한 사건이고도 볼 수 있다. 하지만 작은 인간 생명 하나에도 어떻게 보면 큰 우주의 한 부분이라고 생각한다. 작은 것이 쌓이고 모여 있는 것이 우주의 근본일 것이며, 서로 연결된 것도 우주다. 이 연결 속에서 최 군은 죽으면서 8명의 생명을 살리고 갔다. 최 군 덕에 살아난 다른 생명이 그를 대신해서 이 세상에 산다고 생각하면 최동원의 실체는 보이지 않지만, 부분적으로는 그가 살린 사람들 속에 살아 있다. 운명으로 인하여 최동원 군은 또 다른 우주로 갔지만, 그렇게 부분이나마 살아 있다는 것을 생각하면 부모들 마음도 조금은 편하지 않을까, 하는 생각을 해보았다.

* 다음 백과사전.
** 『신화의 세계』, 33쪽, 한국방송통신대학출판.

저승사자도 쇠줄은 끊지 못했다

아무리 저승사자라 할지라도
쇠줄은 끊지 못했다는
전설 같은 실제 이야기다.

나는 자식 하나를 가슴속에 묻고 있다.
할머니는 자식 아홉을
가슴속에 묻었다 한다.
나에게는 큰아버지 될 사람 9명,
아홉 명이 다 살았더라면
지구가 좀 비좁았을 것이다.

동네 사람들은 할머니가 아이 낳고,
산에 갔다 오면
아이가 죽었다는 것을 알았다.
그것을 아홉 번 하고

큰아버지를 낳자마자 이름에 쇠줄을 달았다.

아버지는 또줄이라고 하여

큰아버지와 아버지를,

저승사자도 아홉수에서 끊지 못한

무거운 쇠줄에서 내가 생겨났다.

어째든 나는 아슬아슬하게 쇠줄 덕분인지? 세상에 태어나기는 했다. 다행인지는 몰라도, 사람이 태어나는 것은 사람의 생각대로만 되는 것은 아닐 것이다. 어떻게 보면 운명으로 정해져 있는 것이 아닌가 싶다.

내가 3살 때 돌아가셨다는 할머니 얼굴의 기억은 어렴풋이 남아있다. 할머니와 같이 살면서 겪어보지는 못했지만, 부모나 주변 사람들의 이야기를 들었다.

나는 자식 하나를 가슴에 묻고 있다. 부모 입장에서 자식이 죽는 것만큼 슬픔은 없을 것이다. 할머니는 자식을 9명이나 가슴에 묻었다. 자식 아홉을 잃었다는 것은 도무지 이해가 안 되고, 지금으로서는 상상도 안 되는 일이다. 어쩌면 "세상에 이런 일이"라는 좋은 뉴스감이 될 만큼의 큰 사건이다.

나는 아들 하나만 잃어도 하늘이 무너지는 느낌을 받았다. 그런데 할머니는 9명을 가슴에 묻었다는 것은 하늘이 무너지고, 메워지고 하는 것을 아홉 번 했다는 것이다. 그리하고 나서 할머니는 아이를 낳자마자 오죽했으면 큰아버지는 '쇠줄' 아버지는 '또줄'로 이름에 달았다. 저승사자가 다시는 데려가지 못하도록.

내가 어릴 때 주변 사람들은 아버지나 큰아버지를 '쇠줄이' '또줄이' 하는 것을 들었다. 어릴 때 나는 할머니는 왜 하필 이름에 줄을 달았을까 하는 생각을 했다. 훗날 그것이 이름 위에 안전장치로 했다는 것을 알았다.

항구에 가보면 배가 줄에 묶여 있는 것을 본다. 배가 바다에 떠내려가지 못하도록 묶어놓는 것이다. 배의 크기에 따라서 밧줄도 다르다. 작은 배는 밧줄 같은 것으로 묶여 있는 것도 있고 큰 배는 쇠줄로 묶여 있는 것을 보았다.

할머니는 보통 줄로 묶어도 배를 사람으로 생각하면, 절대로 바다로(저승) 떠내려가지 못할 것이다. 하지만 얼마나 간절했으면 일반 줄로 묶어도 떠나가지 못하는 것에, 그 무거운 쇠줄을 달았을까 하는 생각을 한다. 일반 밧줄로 묶어도 아무리 바람이 불고 태풍이 오더라도 떠내려가지 못한다. 그것에 할머니는 태산 같은 배에 사용하는 쇠줄로 묶였다는 것이다.

꼭 큰아버지와 아버지에게 그 이름을 달았다고 해서 살았다는 것은 아니다. 할머니의 간절한 마음이 그만큼 컸다는 것이다. 바다에 있는 작은 배를 묶는데, 가벼운 밧줄로 묶어도 충분히 안전이 보장되는데도, 할머니 힘에 버거운 쇠줄을 끌

러다가 배를 붙잡아 맨 것처럼 생각이 들었다.

부잣집에 태어나는 꿈을 꾸었다

나는 어릴 때

부잣집에 태어나는 상상을 했다

여름에 풀을 베어 무거운 지게를 지고 올 때

친구들은 공놀이 수영하고

병정놀이도 하는 것을 보고

부잣집에서 태어났으면 하는

상상을 했다

어머니는 한쪽 다리 없고

병든 아버지에게 시집와서 나를 낳았는지

원망했다 부잣집에 시집가서

나를 낳았다면

자동차 장난감도 가질 수 있고

학교도 마음 놓고 갈 수 있고

겨울에는 따뜻한 내복도 입고

얼음판에 가서 썰매타기도 하고
나무 지게는 지지 않아도 된다는 생각에서
차라리 죽어 다른 부잣집에
태어났으면 하는 상상을 자주했다

지금 생각해보면 필자는 어릴 때부터 상상과 생각을 많이 한 것 같다. 어린 나이에도 가정환경을 그대로 받아들이지 않고, 다른 좋은 환경에 비교하여 위와 같은 생각을 했다. 나이는 아이이지만 속에는 미리 어른 같았던 느낌이 든다. 좋은 것이 있으면 부모의 주머니 사정은 생각하지 않고 무조건 사달라는 것이 보통 아이들이다. 아이라는 제 공간 안에 머물지 않고 있었다는 생각이 든다.

어릴 때부터 소설을 쓰는 것이 꿈인 필자는 그때부터 소설을 썼는지도 모른다. 지금은 소설가가 아닌 시인이 되었지만, 어릴 때 꿈은 소설가였다. 그래서 시의 내용에서는 비약이 심하고, 상상을 하다가, 하다가 사람이 나무로 변신하여 지구에 살아가는 이야기도 있다.

나무는 인간이 내뱉는 이산화탄소를 흡수하고 산소를 공급하고 있다. 반대로 사람은 산소를 흡수하고 이산화탄소를 배출한다. 그리고 인간의 생필품 제조과정에서도 온실가스를 배출한다. 이것이 넘쳐서 지구환경에 큰 영향을 미치는 것에서 착안하였다. 소설 카프카의 〈변신〉에서 '그레고르 잠자'는 어느 날 아침 한 마리 벌레의 모습으로 변신한 것 같이, 사람도 나무로 변신하여 살면 참 편리하다고 생각했다.

그렇게 되면 인간이 배출한 온실가스를 유용하게 사용하면서 지구환경도 개선되고, 사람도 온실가스에 병들지 않고 나무로 싱싱하게 살 것이라는 생각이 들었다. 현실에서는 모든 것이 제한되어 있지만, 문학에서는 무엇이든지 상상으로 가능한 것을 생각하면 개연성이 전혀 없는 것은 아니다.

이렇게 필자는 어린아이 때부터 상상을 많이 했다. 어머니가 부잣집에 시집을 갔더라면, 내가 하고 싶은 것을 실컷 하면서 살았을 텐데 하는 생각을 했다. 어머니는 하필이면 한쪽 다리도 없고, 병들어 날마다 아얏소리만 하는 아버지에게 시집을 왔는지 원망했다. 내가 일할 때 친구들은 마음껏 노는 것을 보면서 어머니를 원망했다. 그래서 나는 차라리 죽어 다른 부잣집에 태어나는 꿈을 꾸었다.

동백, 팥죽

아버지는 요강에 피를 토했다. 어머니는 동백꽃 모가지를 떨어뜨리는 것처럼 눈물을 흘리면서, 내다 버리라고 나에게 요강을 건네주었다. 안을 보니 붉은 핏덩이가 동백꽃 모가지처럼 수북이 쌓여 있었다.

아버지는 입술에 피가 묻은 채 가져오라고 고함을 질렀다.

어머니와 나는 아버지 고함을 리어카에 태우고 병원에 갔다. 비포장도로 먼지가 얼굴에 지도를 그렸다. 진주 중앙로 터리까지 20리 길, 처음 가보는 시내라 간판들이 눈에 들어왔다. 한글을 갓 배운 나는 간판 글자 읽는 것이 재미있었다. '손고약, 윤양병원,'

아버지 진료를 마치고 나와 거리에서 어머니는 팥죽 한 그릇 사서 아버지에게만 주었다. 나는 이제 간판 글자보다 아버지 입에 들어가는 숟가락을 읽었나. 침을 꼴딱꼴딱하면서,

어머니는 병원비에 다 쓰고 돈이 없다고 했다.

그때 마침 나에게는 구원자가 나타났다. 배도 고프고 먹고 싶은 마음은 꿀떡 같았을 때, 의사인지 몰라도 어떤 사람이 지나가다가 아버지가 팥죽 먹는 것을 보고, "얼굴을 보아하니 위장병 같은데 팥죽은 위장병에 좋지 않다."는 이야기를 했다(정확한 정보인지는 모르지만, 실제로 위장병에는 팥죽이 안 좋다는 이야기를 들은 기억이 있다). 필자는 그 사람의 얼굴을 지금도 기억할 정도로 고마웠다. 아버지는 반쯤 먹다가 나에게 주었다. 나는 어떻게 먹었는지도 모르고 해치웠다. 하지만 먹어도 포만감이 없었다. 기분에는 두세 그릇 먹어도 될 것 같았다.

8살 나이에 리어카에 아버지를 태우고 비포장도로 20리를 오가는 길에 배가 고픈 게 아니라 아픈 정도였다. 어떻게 보면 한창 먹을 나이에 집에서 제대로 된 밥도 못 먹고 사는 형편에서 보면, 그냥 맨몸으로 걸어도 피곤하고 배가 고플 것이다. 거기에다 빈 리어카만 끌고 가도 벅찬데, 아버지를 태우고 비포장 자갈을 밟으며 갔으니 허기로 인해 발바닥까지 아팠다. 아침저녁으로만 보리밥으로 겨우 때우고 점심에는 고구마 같은 것으로 해결할 때였다.

아버지는 병신이다

친구들이 아버지 흉내를 냈다
지팡이를 짚고 절뚝거리며
아버지는 일도 못 하고
밥만 축내는 밥벌레라고
친구들은 차라리 지구에서 없는 것이 낫다고 했다
나도 그 말에 속으로 동의했다

집에 와서
어머니에게 친구들이 한 이야기를 했다
그래도 네 아버지는
'우리 집 정신적 기둥이란다' 어머니는
집에 기둥이 없으면 어떻게 되겠니,

다음날 친구들에게 어머니 말을 했다
친구들은 "아이고 병신 새끼,

네 아버지가 병신이니까 너도 병신 같은 소리 하네

혼자서 서지도 못하는 네 아버지가

지팡이만 짚고 다니는

오히려 기둥을 잡지 않으면 안 되는

밥만 축내는 사람이"

밖에 나가기가 부끄러울 정도로 친구들의 놀림이 싫었다. 아버지도 싫고 어머니에게는 원망스럽기도 했다. 그래서 친구들의 말에 속으로 동의를 했다. 차라리 아버지가 없으면 좋겠다는 생각도 들었다.

그리고 나는 날마다 아버지에게 아프다는 말을 밥보다 많이 먹고 자랐다. 그러니까 아버지는 아픈 것하고 신경질을 빼면 살아 있는 허수아비였다. 그래도 우리는 살아야 했다. 목숨을 연명하는 것이 인간의 본성이니까, 죽지 못해 살았다. 살아야 하는 명제를 버리지 못하고 계속 살아갔다.

인간은 사는 것 빼고는 할 일이 없는 것이 인간이다. 아버지도 살아 있는 목숨을 끊지 못해 살았을 것이다. 죽지 못해 살았을 것이다. 지팡이를 짚는 손바닥에 물집이 생겨도 살아야 했다. 살기 위해 절뚝거리며 다니는 것을 보았다. 화火를 쏟으면서 다니는 것을 보았다. 화를 참으면서 다니는 것도 보았다. 세상에 증오로 가득 차 절뚝거리는 것도 보았다. 절뚝거리면서 바른 자세를 하기 위해 흔들리는 것도 보았다.

위와 같이 아버지는 병신 값으로, 우리들에게 항상 매 때리는 일과 신경질 부리는 것이 일상화되어 있었다.

그래서 아버지의 학습효과로 신경질적인 것이 내 속에 자연적으로 배어 있었다. 형제들이나 식구들에게 신경질을 안 부리고 좋은 말로 해도 될 것을, 말마다 신경질을 부리는 나쁜 습관을 지니고 있었다. 신경질을 안 부리면 말을 하지 않은 것 같은 느낌이 들었다.

그리고 아버지가 세상을 일찍 떠나고 없는 가운데, 애먼 동생들에게 아버지처럼 매질도 많이 했다. 막내는 14살 차이라 아버지가 부재중인 가운데 내가 아버지 행세를 했다. 내가 아버지에게 내 맞은 것처럼 동생들도 나에게 매를 많이 맞았다. 조금만 잘못해도 아버지처럼 매가 아니라 몽둥이로 패곤 했다.

이 같은 환경에서 교육이라고는 초등학교 졸업장도 없는 나는 문학의 꿈을 이루기 위해 공부를 하면서 뒤늦게 깨달았다. 28살에 중학교 검정고시로 58살에 방송통신고등학교, 예순이 넘어서 대학과 대학원을 공부하고 보니 알게 되었다. 그래서 지금은 웬만하면 신경질은 서랍에 접어 넣어놓고 있다. 다시는 그 서랍을 열지 않으려고 노력도 하고 있다.

지금은 친구들이 아버지 흉내를 내면서 놀려도 그때처럼 그런 생각은 하지 않을 것이다. 만약에 길가에 장애인인 아버지가 병신 거지 같은 꼴로 지나가는 사람들에게 구걸했다면, 그때는 피하고 모르는 척했을 것이다. 그러나 지금은 아버지를 피하지 않고 다가가 오늘 얼마를 구걸했는지 돈을 계산해주는 아들로 다가갈 것이다. 그리고 같이 부축해 집으로 오는 아들이 될 것이다.

나무 도둑

나는 9살 무렵, 형님과 둘이 나무하려 다녔다. 한 살 차이라 또래였다. 한 지붕 아래 경쟁자였다. 누가 게으름을 피워 나무를 적게 하는지에 대해 아버지 성질머리가 심판을 봤다. 어쩌다 각자 해온 나무가 차이가 많이 나면, 둘 중의 하나는 아버지 성질머리에 한 대 맞았다.

나는, 아버지 경칩의 문을 열고 나올 때부터 아버지는 다리가 하나만 있는 줄 알았다

자라면서, 소말리아 아이처럼 가난에 시달리는 것이 아버지 다리 하나를 잃어버린 탓이라는 것도 알았다

나는 도토리묵처럼 잘려나간 아버지 다리를 찾기로 했다

(일제 강점기 큰아버지는 징용에 가고 아버지는 식구들을 먹여 살렸다 주식은 칡제비였다 서리가 내리던 가을날 오후였다 칡을 캐오

던 아버지는 신작로에 일광욕하던 독사를 밟았다)

발등에 두 점 문신이 새겨졌다

그날 밤, 온 동네는 통증으로 수군거렸다

문신은 발등에서부터 허벅지까지 몸을 부풀리기 시작했다 가난이
병원 문지방을 막았다 다리의 살점은 묵처럼 허물거리며 썩기 시작
했다 냄새는 바람을 타고 옆집마다 마실을 다녔다

발등에 뼈가 드러났다 살아 있는 송장으로 진주도립병원엘 갔다

일본인 의사는 아버지를 마루타로 생각했다 다리에 흥부가 박을
타듯 톱질을 시작했다 통증이 보석처럼 빛났다 자애로운 의사는 빛
나는 통증에 조소嘲笑를 싸매 주었다
굳은 날이면 잘려나간 다리 울음소리가 들렸다 아버지는 세숫대야
찬물로 울음을 달랬다
―하락

― 필자의 「독사」에서

일제 강점기에 큰아버지는 징용에 가고 아버지는 어린 나이
에도 불구하고 식구들의 가장이 됐다. 곡물을 생산해도 일제
의 수탈에 빼앗기고, 식구들의 배고픔을 해결하기 위해 아버
지는 산에서 칡을 캐와 칡수제비로 끼니를 때웠다. 서리가 내

리던 어느 가을날 아버지는 칡을 캐오다가 길가에서 일광욕하던 독사를 밟았다. 늦은 가을이라 독이 오를 대로 오른 독사의 독은 아버지를 죽음 직전까지 몰고 갔다.

돈 생각하지 않고 병원에 갔더라면 다리는 자르지 않았을 것이다. 돈 없는 미련에 붙잡혀 앓고만 있던 아버지 다리는 독사의 독으로 썩기 시작했다. 그래도 병원에 간다는 생각은 안 했다. 지금 생각하면 왜 그렇게 미련했는지 도무지 이해가 안 되는 일이다. 동네 사람들도 문병을 와서 썩는 냄새가 나도 병원에 가라는 말은 하지 않았다고 했다.

다리에서 독이 허벅지로 올라오는 것을 끈으로 묶어 빙어만 하였다. 처음에는 발목에서부터 시작하여 차츰차츰 다리로 올라오는 것이었다. 죽어가는 동료를 두고 전쟁터에서 후퇴하는 병사처럼, 자꾸만 방어선을 묶어가며 후퇴하였다. 발등에서 시작하여 허벅지 가까이 까지 왔었다. 여기에서 더 후퇴하면 몸통이다. 몸통이 썩으면 몸통을 도려낼 수는 없는 일이다. 결과는 죽음뿐이다. 발등 작은 점에서 시작해 다리는 퉁퉁 부어 허물 허물했다. 이불속에는 송장 썩는 냄새가 났다. 더는 후퇴하면 항복이었다. 항복은 죽음이다.

이런 사정을 전보로 일본에 간 큰아버지에게 알렸다. 소식을 들은 큰아버지는 급히 귀국하면서 돈 100환을 가지고 와서 진주 도립병원에 갔다고 한다. 병원 의사는 일본 사람으로 알 수 없는 미소를 띠었다고 했다. 그럴 것이 그렇게 되도록 방치했다는 것이 도무지 이해가 안 되는 일이었다. 썩은 아버지 다리를 보고 의사는 웃었다고 했다. 웃으면서 의사는 다리를 흥부가 박을 타듯 톱질을 했다고 했다. 그때는 마취도 없이 생으로 수술을 하는 관계로 아버지가 아프다고 고함을 질러대는 소리에, 의사는 마루타처럼 생각하였는지 "아파, 아파"하며 조소를 띄우고 톱질을 했다고 했다. 지금 생각하면 아버지가 그때까지 간 것도 이해가 안 가지만, 일본인 의사도 이해가 안 간다. 만약에 환자가 일본인이라면 그렇게 하지는 않았을 것이다.

날씨가 궂은날에는 아버지 잘린 다리가 후유증이 심했다. 아버지는 나에게 찬물을 대야에 떠오라고 물심부름을 시켰다. 잘린 아버지 다리를 보면 뾰족이 다듬은 아주 큰 말뚝 같이 생겨 보였다. 잘려나간 흔적이 몸통에 달린 큰 혹 같았다. 아버지는 그 다리를 찬물 세숫대야에 담그고 아픔을 식혔다. 튀어 나온 것에 뼈는 보이지 않게 살이 감싸고, 피부는 일반 피부가 아닌 상처로 아문 피부가 매끈하게 덮고 있었다.

지금 와서 생각해 보면, 그렇게 아버지가 고생한 끝에 신경질적인 성질을 갖게 되었다는 생각이 든다. 장애로 인한 스트레스를 식구들에게 풀었다. 조그만 실수해도 분풀이 대상이었다. 어머니를 비롯한 5남매에 심심하면 매질을 하는 것이었다. 무슨 트집이 있어야 화풀이하는 것에서, 우리들은 나무를 해와도 양의 차이에서 잘못하면 둘 중 하나는 맞아야 할 때가 있었다.

그때부터 나는 산에 갈 때 가끔 공책과 연필을 가지고 갔다. 그날도 뒷산에 형님과 나무하러 갔다. 한글을 또래보다 일찍 배운 나는 나무를 하다가 좋은 생각이 떠올라 공책을 끄적이었다. 잠깐이다 싶었는데, 내 나무는 상대적으로 적었다. 머리를 스치는 것이 아버지 성질머리에 또 한 대 맞는구나, 어제두 맞았는데, 좋은 생각이 도망을 가버릴 것 같았다. 그렇지 않아도 좋은 생각은 머리에서 잘 도망을 가는데, 아버지에게 또 맞으면 안 좋은 생각만 남을 것이라는 생각이 들었다.

나는 좋은 생각을 지키기 위해 형님이 자리 비운 사이 나무를 훔쳐 지게에 졌다. 숨을 헐떡이며 집에 오는데, 귀신이 뒤에서 붙잡는 것같이 무서웠다. 무사히 집에 도착하기까지 나무 주인한테 잡히지 않았다.

조금 있으니까 나무 주인이 울면서 집에 왔다. 나무해 놓은 것을 도둑놈이 가져갔다 하면서.

맷집 과외

　맷집으로 경남 아마추어 복싱대회 결승까지 갔다. 관계자들
은 "맷집으로 국산 챔피언이다"라는 말을 했다. 동생 영만이
는 특별히 어릴 때부터 맷집 과외를 받았다.

　우리 집은 마을회관에서 구판장(구멍가게)을 했다. 그곳에
우리 식구들 생계가 달린 것이나 마찬가지였다. 아버지가 장
애인이라 동네 사람들의 배려로 구판장을 했다. 구판장과 우
리 집이 약간 떨어져 있었다. 항상 아버지가 가게에 있었지만,
식사 때에는 동생과 서로 교대로 가게를 보곤 했다.
　내가 지키는 날 배가 고파 빵을 훔쳐먹었다. 점심시간이 한
참 지났는데도 교대할 사람 누구도 오지 않았다. 아버지는 또
무슨 트집을 잡아 동생에게 맷집 교육으로 늦다는 생각이 왠
지 들었다. 배는 고파 쪼르륵하고, 가게에 진열된 빵을 보니
참을 수가 없었다. 할 수 없이 빵을 두세 개 먹었다. 먹은 것을
숨기기 위해 진열장에 표나지 않게 잘 정리를 했다.

점심때가 훨씬 지나서 동생이 왔는데, 아니나 다를까 얼굴에 맞은 자국이 나 있었다. 도둑놈 제 발 저리다고 나는 겁이 덜컹 났다. 어떻게든 들키지 않게 하나님께 두 손 모아 빌었다. 동생의 매 맞은 자국을 보니 안 맞아도 아픈 것 같았다. 동생과 교대하고 집에 와서 아버지를 보니 밥맛이 떨어졌다. 나는 배가 아프다는 핑계로 밥을 먹지 않고 지게를 지고 산에 나무하러 갔다. 나무하고 집에 오니 그날 저녁은 조용했다.

사건은 다음날 터졌다. 아버지가 다음날 가게에서 어떻게 발견했는지 빵이 없어진 것을 알았다. 아버지는 전날 동생에게 화풀이를 다 못해서 그런지, 아니면 동생이 트집이 잡힌 뒤라서 그런지, 동생 짓이라고 생각했다. 그리고 아버지는 큰 회초리를 자리 밑에 숨겨놓고, 좋은 말로 동생을 불러서 방문을 잠그고 패대기 시작했다. 도망을 가려고 해도 방문이 잠겨있다. 먹었다고 했으면 덜 맞았을 것이다. 안 먹은 것을 안 먹었다고 복싱선수가 그로기 상태에 버티듯 끝까지 버텼다. 아버지는 괘씸죄로 더 때렸다. 동생 말로는 아버지라면 보기도 싫을 정도로 샌드백처럼 맞았다고 했다.

어머니는 대거리했다. "차라리 내를 때리소" 동생이 심하게 맞는 것을 보고, 아버지는 "잔소리 말고 고생하기 싫으면 집을 나가라"고 말도 안 되는 핑계로 어머니도 때렸다. 아버지가 짚고 다니는 지팡이로 어머니 허리에 탁탁 달라붙던 장면이 사진처럼 내 머릿속에 저장되어 있다.

아마도 어머니는 우리들이 없었으면 집을 나갔을지도 모른다. 억울하게 아버지에게 매 맞고 살아도, 제비 새끼처럼 있는 우리들을 버리고 차마 집을 나가지 못했을 것이다.

어머니는 피하지 않고 맞으면서 망부석처럼 마루에 앉아 있었다. 나는 매를 맞으면서 피하지 않는 어머니를 이상하게 생각했다. 맞으면 아픈데 우선은 급한 불을 끄고 나중에 수습하면 되는 일이다. 하지만 어머니는 피하면 아버지 성질머리가 따라오다가 다칠까 봐 일부러 피하지 않는다고 했다. 참으로 부처님 같은 어머니였다.

어머니는 두들겨 맞고도 아버지 밥상은 차려주었다. 그리고 부엌에서, 영화에서 본 듯한 서러운 시집살이 며느리처럼 바가지에 혼자 밥을 먹으면서 훌쩍훌쩍 우는 것을 보았다.

고깃국

뜨거운 국그릇에 얼굴을 엎어치기 했다. 유도선수 한판 같은, 훗날 아마복싱선수가 되는 동생 영만이가.

그날은 돼지 고깃국이 우리 집 밥상에 올랐다. 김이 나지 않은 것이 더 뜨거운 것을 몰랐다. 평소에 보지 못했던 고깃덩어리 덥석 목구멍에 넘기자 앞으로 꼬꾸라졌다. 복부에 카운터 펀치 맞아 무의식 상태에서 넘어져 KO패하는 선수처럼, 얼굴을 뜨거운 국그릇에 사정없이 처박았다.

아버지는 다리를 자르고 나서 앉아서 하는 일, 대나무자리를 만들었다. 옛날에는 대나무자리가 서민들의 필수품이었다. 아버지의 형편에 맞게 앉아서 할 수 있는 일을 했다. 대나무를 쪼개서 소쿠리도 만들고, 방바닥에 까는 대나무돗자리도 만들었다. 아버지 신체 환경에 맞는 직업을 가진 셈이다.

지금은 강화마루니 하는 방바닥 제품이 많이 있지만, 옛날에는 지금처럼 방바닥에 까는 제품이 별로 없었다. 부잣집에는 들기름을 먹인 종이장판 아니면 대나무자리를 사용했다. 그중에 대나무자리 만드는 일을 아버지가 했다. 아버지가 만들어 놓으면 내다 파는 것은 큰아버지가 했다. 자리 만드는 재료인 대나무도 큰아버지가 사다가 주곤 했다. 하지만 그 일도 아버지는 다리 잃은 화병에다가 앉아서 생활하다 보니 위장병이 심했다. 때로는 아버지가 피를 토하면서 일을 제대로 못 해 어려운 살림이었다.

이런 우리 가정형편에 고기를 자주 먹는다는 것은 꿈도 못 꾸는 일이었다. 그날은 동네에서 돼지를 잡아 큰아버지가 고기를 조금 사다 주었다. 평소에 고깃국은 생각도 못 했던 것이 밥상에 올라왔다. 동생 영만이는 웬 떡인가 싶어 김이 나지 않은 것이 더 뜨거운 것도 모르고, 덥석 고기 한 덩이를 입에 넣었다. 뜨겁지만 아까워 뱉지는 못하고 목구멍에 꿀떡 넘겨 버렸다. 순간적으로 권투 시합 때, 복부에 카운터펀치로 무의식 상태에서 넘어지는 선수처럼, 국그릇에 얼굴을 사정없이 처박았다. 동생은 정신을 잃고 숨도 쉬지 않은 것 같았다. 식구들은 난리가 났다. 아이가 죽었다고, 국이 묻은 얼굴을 닦고, 흔들고 하니 조금 있으니까 깨어났다. 얼굴이 국그릇에 데어서 뻘겋게 되었다.

훗날 동생은 아마추어 권투 선수가 됐다. 그때 국그릇에 덴 얼굴과 권투 시합 나갈 때마다 얻어터진 얼굴이 형제 같았다.

강냉이 빵

태극기와 성조기가 손잡은 아래 "팔거나 바꾸지 말 것" 강냉이가루 포대에 선명한 글자가 있었다. 내가 초등학교 2학년 때, 그 강냉이가루로 빵을 쪄서 두부처럼 잘라 콩나물 교실에서, 시들은 콩나물 7명에게만 하나씩 주었다. 나는 제일 먼저 뽑혀 매일 점심시간에 받았다.

나는 빵을 받아서 혼자 먹을 수는 없었다. 먹고 싶기는 꿀떡 같지만, 혼자 먹을 수가 없었다. 두세 개 먹어도 될 것 같은 기분이었지만, 나는 하나를 손에 받쳐 들고 교문 밖을 나와야 했다. 밖에서 기다리는 동생이 있었다.

그때 우리 집에는 점심은 거르거나 고구마로 끼니를 때울 때였다. 그런 때에 강냉이 빵은 특식 중의 특식이었다. 말랑하게 하여 구수한 냄새가 그야말로 맛이 있었다. 지금에서는 아무리 고급 빵이라도 그런 맛은 찾아볼 수가 없다. 입에 넣으면 안에서 살살 녹았다. 위장이 춤을 출 정도 맛이 있었다.

그렇게 맛있는 것 하나를 가지고 둘이 나누어 먹는다는 것은 고통이었다. 콩 한 알로 여러 명이 나누어 먹듯이 하였다. 배 안에서는 더 들어오라고 하여서 옆에 있는 풀이라도 더 뜯어 먹었으면 했다.

　지금 북한이 굶어서 죽는 사람이 있고, 살아도 아이들은 영양실조로 그야말로 국제사회의 구호 식량이 필요하다. 필자가 확인한 것은 아니지만, 우리나라에서나 국제사회가 북한에 구호 식량을 주고 있다. 하지만 위에서 배급하는데, 내려갈수록 중간에서 삥땅을 치고 해서 마지막 진짜 필요한 인민에게는 쥐꼬리만큼 준다는 이야기를 들었다.

　그런 것처럼 부정부패가 심한 자유당 징권 시절이었다. 그때 우리나라도 미국에서 구호 식량을 받았다. 정부에게 정책에 이용하라고 준 것이 아니었다. 가난한 우리 국민에게 주었지만, 부패한 자유당 정권과 박정희 혁명정권에 주지는 않았을 것이다. 박정희는 자기가 잘해서 주는 것처럼 생색을 내고, 자유당 때에는 주는 관리자들에 의해 내려오면서 북한처럼 중간에 떼먹고 했을 것이다. 실질적으로 필요한 우리에게는 북한과 같이 배급을 제대로 주지 않았다는 생각이 든다.

　준다는 명분은 있어야 하니까 빵으로 쪄서 그것도 모두를 주는 것이 아니라, 가난한 집 몇 명을 선정해 주지 않았나 하는 개인적인 생각이다. 그때 강냉이가루뿐만 아니라 밀가루, 우윳가루 등을 배급했다. 그런 것이 실질적으로 우리는 맛만 보는 수준에 있었다고 생각한다.

그날은 어쩐 일인지 빵이 없었다. 밖에서 배가 고파 기다리는 동생은 아마도 학교 문이 열릴 때까지 눈이 빠지고도 남았을 것이다. 나는 빈손으로 나오는데 동생이 멀리서 나를 보더니 배고픈 하이에나처럼 뛰어왔다. 오면서 급한 나머지 논두렁 개똥을 밟아 미끄러졌다. 일어나 뛰어오는데 다시 수로에 빠졌다. 젖은 옷을 털털 털면서 오는 것이었다. 순간 나는 큰일이다 싶은 생각이 들었다. 아무리 큰일이라도 없는 것을 내가 스스로 만들지는 못했다. 젖은 옷으로 달려와 내 빈손을 보더니 큰 소리로 엉엉 울었다. 혼자 다 먹었다면서.

제삿밥

숟가락치기 했다. 검객이 칼치기 잘해서 살아남는 것처럼, 어릴 때 우리들은 제비 새끼처럼 먹이다툼을 했다. 먹이 앞에서 양보 없는 생존본능으로 어미가 물고 온 먹이를 서로 받아먹으려고 자리다툼을 했다. 5남매 우리들은 배고픔 앞에서는 형제도 소용없었다.

우리 집은 가난해도 뼈대 있는 집안이라, 제사는 철저하게 지냈다. 유교 사상으로 무장한 집안 내력답게 조상에게 제사를 올리는 것은 곶감 빼먹듯이 하지 않았다. 아무리 추우나 더운 날씨임에도 불구하고 제사에 엎드리는 것을 찬장에 식기처럼 하였다. 엎드려 절하고 일어난 곳에는 항상 제삿밥이 있었다. 우리는 엎드리는 것에는 관심이 없고 제삿밥에 신경이 집중되었다. 고봉으로 된 제삿밥을 상상하면 잠이 오지 않았다. 제사가 있다는 것을 들은 이야기는 토끼 귀에 들어오듯이 잘 들었다. 화장실 가는 것은 잃어버려도 그것은 잊지 않았다. 집안에 제사가 있는 날 우리들은 잠자지 않고 기다렸다. 누구 하나라도 잠들어 일어나지 않았으면 했다.

자정을 넘어 밖에 문 두드리는 소리가 신나는 음악처럼 들렸다. 받쳐 들고 온 함지에 고봉밥이 장기판에 장군으로 보였다. 같이 따라온 옹기종기 나물 그릇이 호위병으로 있었다. 장기판에 병졸이 존재하는 것은 장군을 지키기 위해서다. 장군이 없으면 게임은 끝이다. 고봉밥이 장군으로 보였으며 나머지 나물들은 병졸로 보였다. 장기판에서 병졸을 잡는 것보다 장군을 잡아야 이기는 것처럼, 우리는 고봉밥에 침이 넘어갔다. 잠자지 않고 기다린 보람의 순간이었다.

가져온 고봉밥 한 그릇을 어머니는 큰 양푼에 나물을 전부 다 넣어 비빈다. 비비는 중에도 참지 못하는 형제 중에 숟가락이 새치기하면, 어머니는 사정없이 숟가락을 쳐낸다. 검객이 칼을 쳐내는 것처럼 새치기 숟가락을 친다. 부딪히는 것이 벼락을 친다. 벼락에 콩가루가 부서지는 기분이었다. 콩 하나를 가지고 여러 명이 나누어 먹어야 하는 현실에서 우선은 먹고 봐야 했다.

양푼의 비빈 밥에는 밥알이 나물 속에서 숨바꼭질했다. 밥알이 보석처럼 빛났다. 밥을 한 숟가락이라도 더 먹으려면 자리싸움이 치열했다. 부동산업자가 노른자 땅을 차지하는 것처럼, 숟가락질에 걸리는 형제의 어깨를 밀어내야 했다. 숟가락질하는 면적을 확보해야 했다. 면적을 확보하지 못한 숟가락질에는 입으로 들어오는 도중에 교통사고가 난다. 길바닥에 차량의 사고 파편처럼, 사고가 나면 밥알이 바닥에 흩어진다. 흩어진 것도 소중하다. 길바닥에 있는 사고 차량의 파편은 쓰레기 취급을 하지만, 숟가락질에 사고 난 파편은 재활용이 아닌 즉석에서 입으로 활용된다.

그리고 경쟁자 숟가락을 쳐내야 했다. 처음에는 숟가락을 쳐내지 않아도 되지만, 다 머어갈 때쯤 한 숟가락이라도 더 먹으려면 경쟁자 숟가락을 쳐내야 했다. 그렇지 않으면 나머지를 다른 숟가락에 빼앗긴다. 뱃속에서는 한 톨이라도 더 가져오라고 한다. 손을 날쌔게 하여 다른 숟가락보다 빨라도 뱃속을 충족시킬 수는 없다. 음식뿐만 아니라 모든 것이 많으면 관심이 적고, 특히 적으면 더 맛이 난다.

어쩌다 제삿밥을 기다리다가 실수하여 잠이 들 때가 있다. 잠결에 숟가락 소리가 함께 소곤거리는 소리를 듣는다. 어머니는 잠자는 나를 깨우라고 하지만, 아버지는 자는 애를 깨우지 말라는 소리가 들린다. 깨우지 말라는 소리를 듣고 일어나지를 못했다. 먹고 싶기는 한정 없이 먹고 싶은데, 그 소리를 듣고 일어나지 못하는 뱃속은 꼬르륵 소리만 난다.

눈을 감고 자는 척하면서 내가 왜 실수를 했는지 하는 생각에 잠이 더 오지 않았다. "잠이 웬수야, 잠이 웬수야" 하지만 이미 때늦은 후회였다.

운동회

나는 초등학교 졸업장은 받지 못했지만, 입학은 했었다. 3~4학년까지만 학교에 다녔다. 2학년 때 가을 운동회가 있었다. 하지만 나는 운동회에 참석하지 못했다. 어디가 아프거나 하여 참석하지 못한 것이 아니라, 운동복이 없었다. 운동회에 참석하는 아이들은 같은 운동복, 검은색 바지에 하얀 윗도리 유니폼을 입어야 했다. 나는 같은 옷을 어머니에게 졸랐지만, 어머니는 돈이 없어 안 된다고 했다. 그래서 다른 아이들 뛰는 구경만 했다. 혼자 돌아다니면서,

나무 그늘이 유일한 친구였다. 아이들은 모두 운동회 경기에 나갔기 때문에 친구가 없었다.

청군과 백군으로 나누어 운동회 경기를 했다. 양쪽으로 나란히 서서 큰 공을 굴러 돌아오는 시합도 있었다. 둘이 짝을 이루어 한쪽 발을 같이 묶어 달려오는 경기도 있었다. 바통을 주고받고 하는 릴레이 경기도 있었다. 이긴 편에서는 만세를

부르고 좋아했다. 나는 어느 쪽을 응원해야 할지 몰라 구경하는 재미도 없었다. 나는 청군도 아니고 백군도 아니었다. 무슨 경기든 내가 응원하는 편이 있어야 구경하는 재미가 있다.

운동장 밖에서 경기를 구경하는 사람들은 응원했다. 부모들은 자기 아이들 편이 되어서 이기면 손뼉도 치고, 지면 안타까워하기도 했다. 그리고 그중에 부모들과 손을 잡고 뛰는 경기도 있었다. 밖에서 응원하는 사람 중에서 아는 사람이 보이면 슬쩍 피하면서 나는 재미없이 돌아다녔다.

응원하는 재미는 프로야구를 보면 잘 안다. 내가 응원하는 편이 이기면 그날은 기분이 좋고, 지면 왠지 기분이 좋지 않다. 경기가 아슬아슬할 때는 가슴을 졸이게 하고, 큰 점수 차로 지고 있다가 역전하면 탄성을 지르게 한다.

특히 월드컵 축구 경기는 그야말로 응원하는 것도 전쟁이었다. 우리나라가 2002년 월드컵 축구가 4강까지 갈 때의 응원전은 잊을 수가 없다. 거리 응원전에서는 대한민국이 골을 넣으면 서로 모르는 사람도 부둥켜안고 좋아했다. 대한민국 사람이라면 너도나도 우리 편이라는 것은 의심할 여지가 없었다. 학교 운동회 경기처럼 통일된 옷을 누가 입으라고 하지 않아도. '붉은 악마'에서 유래된 붉은 옷을 같이 입고 있었다. 모든 사람들이 응원전에 직접 참여하지 않아도 집단의식으로 무장하기 위해 붉은 옷이 유행했다.

그리고 운동장에서 뛰는 선수들도 같은 유니폼을 입고 뛴다. 같은 유니폼을 입지 않고 운동장에서 뛰지 못하는 선수처럼, 학교에서 하는 작은 운동회지만, 같은 유니폼을 입지 못해 나는 운동회에 참석하지 못했다.

　점심시간 바구니를 터뜨리고 나면 점심을 먹는다. 다른 친구들은 부모들이 도시락을 싸 와서 나무 그늘에 옹기종기 모여 도시락 김밥 먹는 것을 본다. 나는 운동경기처럼 구경만 한다. 운동경기에서 우리 편이 없는 것처럼 나는 혼자다. 다른 친구들이 김밥을 먹는 것을 보고 침만 꼴딱꼴딱 삼켜야 했다. 운동회 가지도 말라는 아버지 말을 도둑질했기 때문에.

이사

10살 무렵, 나는 꿈속에서도 손가락을 세고 있었다. 이사 날짜에, 아버지는 진주 서부시장에서 어머니가 국수 장사라도 하면 식구들 입에 풀칠은 한다는 것이었다. 나는 지게 지는 것이 싫어서 손가락으로 세는 것이 아니라, 손가락을 자르면서까지 가고 싶었다. 시내에는 산이 없으니 지게를 지고 하는 일은 없을 것이라는 생각했다. 또래보다 덩치가 작았던 나는 어깨에 지는 지게가 그렇게 싫었다.

8살 무렵, 큰아버지가 맞춤 양복처럼 나에게 맞춤 지게를 만들어 주었다. 그래도 나는 어른 옷을 입은 것 같았다. 처음 산에 가서 나무해올 때 지게목발이 언덕에 걸려 넘어지기도 했다. 다음에는 요령이 생겨 가풀막에서는 뒤로 내려왔다.

여름이면 풀을 베어서 퇴비를 만들었다. 산에 가서 생풀을 베어 지고 올 때는 우리 집 살림을 다 짊어진 것처럼 어깨가 무거웠다. 땀으로 집에 오면 가려워서 거친 막대기로 등을 긁었다. 풀쐐기에게도 쏘이고 땀띠에 긁어대니 백일홍처럼 피부가 붉었다.

여름에 친구들은 물놀이하고 놀았다. 그런데 나는 왜 날마다 지게만 져야 하는지 서러웠다. 한창 여름에는 그냥 서 있어도 땀이 나는데, 뜨거운 공기를 마셔가며 산에 가서 생풀을 베야 했다. 땀이 억수로 쏟아졌다. 톱니 같은 억새 잎을 잘못 잡으면 손이 베이어 피가 나곤 했다. 독사 같은 뱀도 무서웠다.

독사를 보면 아버지 다리가 생각났다. 아버지 다리는 독사 때문에 잘라냈고, 독사란 종자가 없었으면, 나는 이렇게 지게를 지지 않아도 된다고 생각했다. 그래서 뱀이라는 것을 보면 일부러 때려죽였다. 독사가 없었다면 나 대신 아버지가 풀을 베고 했을 것이다. 그놈의 독사 때문에 학교도 못 가고 친구들과 여름에 물놀이도 못 했다. 아버지 다리를 생각하면 독사라는 놈은 씨를 말릴 정도로 분하게 생각했다. 독사를 죽여 낫으로 입을 벌려보면 갈고리 같은 송곳니 두 개가 보였다. 그 이빨을 낫으로 찍어 누르면 송곳니에서 독이 뿜어져 나왔다. 그놈의 독이 잘못하면 사람을 죽일 것이고, 아버지는 다리를 잘랐다.

겨울에 친구들은 썰매 타기도 하고 병정놀이도 하면서 놀았지만, 나는 겨울이나 여름이나 지게를 져야 했다. 겨울에는 내

복도 없이 산에 가면 아랫도리가 시렸다. 찬바람이 거시기를 통과하면서 쪼그라들었다. 만져보면 그것이 없는 것 같았다. 그래도 나무는 해왔다. 아버지가 못하니까, 어머니는 동생 때문에 하지 못하고 죽으나 사나 나는 겨울이면 나무를 해야 했고 여름에는 풀을 베어 퇴비를 만들었다.

그래서 나는 시골에 있으면 무거운 지게를 져야 하는데, 시내는 산이 없으니 이사 가는 것을 생각만 해도 어깨가 가벼워지는 느낌이 들었다.

앵벌이1

음력 시월이면 산에서 시사時祀를 지낸다. 유교 사상에서 우리나라 전통으로 내려오는 제사나 시제는 철저하게 지내던 시절이었다. 동네 사람들은 어느 날 어느 곳에서 시사를 지낸다는 것을 다 알고 있었다. 요즘 같으면 마누라 휴대폰 번호도 못 외우는 것을 생각하면, 그때 사람들은 기억하는 머리가 지금보다 훨씬 좋았다고 생각한다.

시사는 묘지가 있는 산에 가서 지낸다. 시사에는 여자들은 오지 못하고 남자들만 지냈다. 지게에 제물을 지고 가는 사람 뒤에는 제관들이 따르고, 또 그 뒤에는 아이들이 따라간다. 아이들은 시사 지내는 데는 관심이 없고 오직 제물에 마음이 가 있다.

시사를 지내고 나면 제물을 나누어 준다. 아이들도 나누어 준다. 그리고 옆에 나무하는 사람을 불러 제물을 대접한다. 나무꾼도 시사 지낸다는 것을 미리 알고 주변에 어슬렁거리면서 나무를 한다. 어떤 시사꾼은 주변에서 나무를 해도 모르는 척

하는 사람도 있었다. 그러면 나무꾼은 기억했다가 다음 해 시사 지내는 날 아침에 묘지 앞 상석에 똥을 싸 놓는 나무꾼도 있었다.

음식을 놓고 절을 해야 하는 좌판에 똥이 있다니, 똥을 보고 절하는 것과 마찬가지다. 똥을 치운다고 해도 냄새를 맡아가며 절을 해야 하는 곤욕을 치른다. 그래서 시사꾼은 가능하면 멀리서 나무하는 소리만 들려도 크게 불러 제물을 대접했다. 그렇지 않으면 봉변을 당한다는 것을 잘 알기 때문이다.

내가 8살 무렵이었다. 그때 나는 시사가 무엇인지도 몰랐다. 어느 날 아버지는 나에게 동생을 업혀서 사람들 가는 데 따라가라고 했다. 동생이 무거워 죽겠는데, 더구나 산으로 가라고 하니 더 괴로웠다. 야트막한 뒷산이지만, 평지에 있어도 자꾸 동생이 울고 무거워서 내려오고 하는데, 산으로 가라 하니 더 무거웠다. 등에서 자꾸 흘러내렸으나 끙끙거리며 따라갔다.

시사를 마치고 나서 아이들을 줄을 세우고 제물을 나누어 주었다. 다른 아이들은 한 몫뿐인데 나는 두 몫을 주었다. 이제 나는 앞뒤로 무거웠다.

얻은 제물은 아버지에게 바쳐야 한다. 내비게이션 음성으로 아버지가 보내서 이곳에 왔으니까.

앵벌이2

옛날에는 등 따듯하고 배부르면 장땡이라는 말이 있다. 광에 쌀가마니가 쌓여 있고 부엌에 나무가 가득 있으면 더 바랄 것이 없던 시절이었다. 지금은 남의 산에 함부로 들어가서 땔감 같은 것을 하면 처벌 대상이지만, 그때는 그렇지 않았다. 곡식을 생산하는 깃은 자기 땅이 분명히 있는데, 산에 땔감은 자기 산이 아니더라도 눈감아 주던 시절이었다. 그렇지 않으면 자기 산이 없는 사람은 굶어 죽으라는 것과 마찬가지였다.

그렇지만 통째로 나무를 베는 것은 엄격히 규제했다. 단속하는 산림 감시원도 있었다. 황폐해진 우리나라 산의 사방사업이 한창때였기 때문이다. 그런 상황에 한 그루라도 나무를 심어야 하는데, 통째로 나무를 베는 것은 정부에서 단속이 심했다. 하지만 낙엽이나 갈비 같은 것은 단속하지 않았다.

그리고 농한기에 나무를 해서 파는 것이 아니면 돈벌이가 없었다. 누구나 다 나무를 해다가 팔았다. 낙엽과 소나무 갈비를 해와 집에서 밥을 해 먹고 나머지는 시장에서 팔았다. 도시

사람도 나무로 밥을 해 먹어야 사니까, 나무 장사하는 것을 전면적으로 통제는 하지 않았다. 그래서 그때 산에는 맨발로 다닐 정도로 나무가 별로 없었다.

지금은 산에 가보면 그때와 정반대다. 정부의 사방사업이 성공한 원인이 있겠지만, 나무 연료를 사용하지 않기 때문이다. 지금은 그때와 달리 누가 산에 가서 돈을 주고 나무를 하라고 해도 하지 않을 것이다. 연료로 연탄이 나오고 기름보일러가 보급되어 50년이 지난 지금은, 등산이나 하려 산에 가지, 나무를 하려고 산에 가는 사람이 없다.

그런 관계로 산림이 우거진 것까지는 좋은데, 나무들이 뒤엉켜 서로 자라지 못하고 바람에 넘어져 죽은 나무들이 수두룩하게 보인다. 그래서 필자는 산에 우거진 나무들이 달러 dollar로 보였다. 외국에서 에너지를 수입하는 우리나라는 지금 산에 널려있는 것이 달러다. 옛날에는 맨발로 산에 나무도 하고 그랬지만, 지금은 나무들이 너무 무성해서 산에 길이 아니면 갈 수가 없을 정도다. 이 나무들을 간벌한 후 가공해서 석탄 같은 연료로 대체하면 곧 달러로 변한다. 에너지가 곧 달러라는 것을 생각하면, 지금은 우리나라 산에 달러가 지천으로 깔려있어도 가지고 갈 사람이 없는 부자 나라다.

옛날 그때 내가 9살 무렵이었다. 나도 지게를 지고 나무하러

다녔다. 낙엽 소나무갈비 같은 것을 하러 가는 척 갈쿠리도 들고, 위장해 산에 가서 어둠이 내리도록 기다렸다. 추운 날 사람들이 집에 들어가 활동이 없는 밤에 나무를 베어 지고 왔다. 영하의 추운 날이지만 집에 오면 몸에 땀이 났다. 밤에 해온 나무를 낮에는 장작을 패고 했다.

그 장작을 가끔 지게 짐으로 진주 서부시장에 가서 팔고 오기도 했다. 집에서 시장까지 20리 길, 집을 나설 때는 별거 아니었지만, 시장까지 가면 갈수록 어깨가 무거워졌다. 어깨 위에 아버지가 앉아 있는 것 같았다.

전두환 쿠데타 정권 초기에 전국 불량배를 소탕하는 명목으로 삼청교육대를 신설하였다. 정권의 질서를 잡는데 조금이라도 걸리적거리면 지위고하를 막론하고 처넣었다. 교육하는 모습을 TV에서 보면 여러 사람이 통나무를 어깨에 메고 체조하는 것을 보았다. 어느 교관을 했던 사람의 이야기를 들으면 나무도 무거운데, 통나무 위에 양반을 개고 앉아서 손가락만 까닥까닥하면서 교육 지시했다는 이야기를 들었다.

내 어깨 위에는 통나무가 아닌 장작이 있었다. 나무도 무거운데 그 위에 아버지가 삼청교육대 교관처럼 앉아 있는 것 같았다. 그래서 중간에 몇 번씩 쉬면서 갔다. 시장에서 고객을 잘 만나 100원을 받으면 국수 한 그릇 10원치 사 먹고 나머지는 어깨 위의 아버지에게 바쳤다. 이것은 운수 좋은 날이다.
어쩌다 안 팔리면 시내에 있는 이모 집에 그냥 주고 왔다.

배고픈 빈손으로 집에 오면서 아버지나 이모는 같은 앵벌이
과라는 것을 알았다.

앵벌이3

나무전이 파장될 때쯤 구두쇠 모습 팔자걸음으로 봉곡동* 목욕탕
주인은 시장을 한 바퀴 돌아본다.

그 시절 리어카라는 것이 처음 나왔다 등짐으로 지고 가는
것에 비하면 5배 이상 운반이 가능했다. 10살 무렵, 나는 또래
사촌과 리어카 나무 장사했다. 밤에 몰래 남의 산에 가서 나무
를 베어와 장작을 만들어 진주 서부시장 장날에 팔았다. 한 리
어카 싣고 가서 잘 팔면 5~6백 원이었다.

파장이 되어도 안 팔리는 날이 있었다. 우리는 목욕탕 주인
을 잡고 사정했다. 집은 멀고 다시 싣고 가자니 요기할 돈이
없어 배도 고프고, 하지만, 목욕탕 주인은 고개를 흔들었다.
우리가 가지고 간 나무가 소나무였다. 목욕탕에서는 불땀이
좋은 참나무만 쓴다고 했다. 거저먹을 목적으로,

필자가 성인이 되어 비닐하우스를 동네에서 제일 크게 했다. 특히 머스크멜론을 많이 재배한 경험이 있다. 농촌진흥원의 도움으로, 작물 중에서 제일 어렵다는 머스크멜론, 지금은 대중화가 되어 대량생산으로 아이스크림 같은 제품도 있다. 70년대에는 전국에서 별로 없었다. 생산해도 소규모로 하였지, 대량 생산지역은 없었다. 나는 대량생산에 성공했다. 진주 MBC라디오에서 성공사례를 7분 동안 방송했다. 농업진흥원 관계자들도 하품했다.

그러나 생산은 했지만 판로가 없었다. 그때는 지금처럼 농협유통이나, 다른 상인들도 생소한 상품이라 유통구조가 정립되지 않았다. 생각하다가 전국 백화점으로 직접 다니면서 납품을 했다. 대부분의 백화점 바이어는 제값을 쳐주었다. 하지만, 서울 미도파 백화점 바이어는 놀부같이 생긴 얼굴이었다. 멜론을 쪼개어 당도를 측정하는 것도 놀부 같았다.

멜론은 후숙이 되어야 당도가 제대로 나오는데, 당도가 낮다고 하면서 반값을 이야기했다. 그때는 지금처럼 배송구조가 발전되지 않아서 서울 지게꾼을 사서 물건을 운반했다. 지게꾼은 돌려보내고 흥정을 하는데, 기가 막혔다. 순간 나는 이렇게 말했다. 나는 상기된 얼굴로 돈 한 푼 안 받고 하수구에 갖다 쳐다 버리겠다고 했다. 한 상자를 들고 나가서 하수구에 버리려고 하니까, 그때야 할 수 없이 제값을 주었다.

안 팔린 나무를 집으로 다시 싣고 가자니 배도 고프고 힘이 없어 가져갈 수가 없었다. 그때는 목욕탕에 기름보일러가 없던 때라 나무를 연료로 사용하던 시대였다. 미도파 백화점 바이어처럼 약점을 잡아 싸게 살 목적으로, 불땀이 좋은 참나무만 쓴다는 핑계로 목욕탕 주인은 안 산다고 하였다. 참나무나 소나무나 불을 피워 물만 데우면 되는 것이다.

할 수 없이 우리는 요기할 돈 정도만 받고 팔았다. 지금 생각해보면 10살이면 어린이다. 어린아이들이 나무장사를 하는 것이 기특하고 불쌍해서도 돈을 더 주지는 못해도, 제값은 주어야 하는데 사실상 앵벌이나 다름없었다.

* 봉곡동: 경남 진주 서부시장의 행정구역.

앵벌이4

나는 또래 사촌과 같이 돈 100원을 가지고 진주 영남예술제 (지금은 개천예술제)에 갔다. 지금도 그렇지만, 그때도 인기가 가장 좋은 것이 가장행렬이었다. 농악놀이도 하고, 무슨 괴괴한 탈춤도 추고, 처음 보는 말 탄 사람도 있고, 아주 정렬하게 악대들의 신나는 음악도 있고, 무엇보다 가장 중요한 것은 공짜였다.

입장료가 있는 동춘 서커스 공연에는 가고 싶은데 돈이 부족했다. 어린 시절 정부에서 공짜로 하는 홍보 영화를 초등학교 운동장에서 처음 본 적이 있다. 그야말로 신비를 넘어 신기했다. 그때는 영화라 하지 않고 '활동사진'이라고 했다. '김희갑'이라는 배우가 나온 것밖에는 생각나지 않는다, 생전 처음 보는 활동사진에는 사진이 걸어가고, 움직이는 사진 사람이 입맞춤을 하는 것이 너무도 신기했다. 구경을 마치고도 뒷맛이 남아 한참을 운동장에 서 있었다.

그리고 그 당시에 전국을 돌아다니면서 상영하는 가설극장이 있었다. 마차에다가 짐을 싣고 다니면서 했다. 극장이 들어오기 전에 미리 동네에 와서 선전했다. 어느 날 가설극장이 들어온다고 이야기했다. 찌라시(전단지)를 뿌리면서 많이 관람해 달라는 선전꾼이 있었다. 우리는 그 소리를 듣고 영화를 보든 안 보든 오는 날이 기다려졌다. 비포장도로에 먼지를 날리면서 마차에 짐을 가득 싣고 오는 장면도 구경거리였다. 어쩌다 들어온다는 날짜에 오지 않으면, 우리는 오다가 말이 다리가 부러져 오지 않을 것이라는 이야기도 주고받았다.

극장이 들어오면 부모가 돈을 주는 아이들은 돈을 주고 들어가지만, 돈이 없던 나는 극장 천막을 기웃거리면 주변을 돌다가, 쥐구멍이라도 있으면 파고 들어가려고 했다. 학교 운동장에서 하던 활동사진을 생각하면 보고 싶어 미칠 지경이었다. 밖에서는 발동기 돌아가는 소리가 요란했다. 전기를 생산하는 기계였다. 안에 영화에서 무슨 소리가 들리듯 하지만, 발전기 소리에 정확한 소리가 들리지 않았다.

나는 동네 가설극장에 가보지 못한 것이 한이 되어 서커스 구경은 꼭 가고 싶었다. 하지만 돈이 부족했다. 예술제 거리를 돌아보니 공짜 돈이 보였다. 우르르 모인 사람들 앞에 마술사인지 은행장인지 모를 사람이었다. 옆에 돈을 쌓아 놓고, 컵 세 개를 돌리면서 안에 내용물이 있는 것을 맞히면 베팅한 돈에 4배를 준다는 것이었다. 앞에 사람 서너 명이 맞히면서 돈을 따 가는 것을 본 우리는 세 번에 한 번만 맞혀도 서커스 구경이 된다는 계산이 나왔다.

우리는 두 번을 실패했다.

마지막으로 전 재산을 걸고 베팅을 했다.

20리 길 차비도 없이 걸어오면서 배고픈 눈에는 세상 사람들 모두가 앵벌이처럼 보였다.

아버지 고향

"집현산*아 잘 있거라, 손기철이 떠나간다." 아버지 이름이 '기철'이었다. 진주 이사 가면서 아버지가 했던 말 지금도 생생하다. 사지 멀쩡한 몸으로 태어나 장성은 하였으나, 여태껏 병신이 되어 살아온 고향이었다.

한때는 집현산에서 칡 캐고 나무하던 시절을 생각하면서, 고향 떠나는 아버지 절규였다. 비록 넉넉한 생활은 아니었지만, 멀쩡한 몸으로 온 산을 누비던 시절을 생각하면서 한이 서린 말이었다. 한순간 실수로 독사를 밟아 다리가 썩어 잘라내고, 독사 같은 지팡이를 짚는 신세에, 앉은뱅이 생활에서 위장병까지 얻어 피를 토하면서 살아온 고향이었다.

아버지에게는 보통 사람의 고향이 아니라 악몽 같은 고향이었을지도 모른다. 보통 사람은 고향을 수구초심이라는 말한다. 여우가 죽을 때 고향으로 머리를 돌리고 죽는다는 말이다. 여우가 실제로 그렇게 하는지는 모른다. 이 이야기는 고향이 자기가 태어난 어머니 자궁 같은 곳이기도 하며, 그만큼 고향을 그리워한다는 이야기일 것이다.

유행가 가사도 고향에 관한 노래가 많다. 유행가 가사는 대부분 사람의 마음을 표현하는 것이다. "고향이 그리워도 못 가는 신세, 꿈에 본 내 고향"이라는 가사를 보면 얼마나 고향이 그리운지 아는 대목이다. 사람들은 어디를 가던 고향은 항상 마음속에 있으며, 그 그리움을 수구초심이라고 말하는 것일지도 모른다. 그만큼 고향이라는 것은 사람 모두가 그리워하는 곳이고 항상 마음속에 내재되어 있다.

피아노의 시인이라는 음악가 쇼팽도 죽을 때에 고향의 흙을 손에 쥐고 죽었다고 한다. 그리운 고향 폴란드로 가지는 못하고 대신 고향의 흙이라도 손에 쥔 것이다. 마요르카섬에서 폐병에 죽어가던 쇼팽이 아픈 자신의 몸은 고향에 가지 못하는 대신, 지인에게 부탁하여 고향의 흙을 봉투 속에 담아 우편으로 부쳐 달라고 했다. 그리하여 죽을 때 그 흙을 손에 쥐고 죽었다는 이야기를 들었다. 쇼팽뿐만 아니라 모든 사람은 타국에서는 고향이 더 그리울 것이다.

타국뿐만 아니라 같은 땅에서도 고향은 뿌리이다. 같은 나라에 있더라도 고향 쪽에서 불어오는 바람도 사람들은 생각하게 된다. 고향의 구름도 보고 생각하게 되는 것이 사람이다. 그렇게 뿌리를 고향에 두는 것은 자연스러운 일이다.

이러한 고향에 아버지는 그리워할 대상이 아니라, 오히려 악몽 같고 생각하고 싶지도 않은 고향이었을 것이다. 피를 토하면서 살아온 고향, 죽음보다 더 무서운 일을 겪은 아버지 고향이었다. 그런 고향을 아버지는 보통 사람 같이 '꿈에서도 그리워'하는 고향이 아닐 것이다. 어쩌면 꿈에 나타날까 무서운 고향, 꿈에도 보기 싫은 고향이었을 것이다.

그런 마음에서 "집현산아 잘 있거라" 하면서 고향을 떠났을 것이다. 태어난 곳이지만, 그동안 죽을 고생을 한 고향을 등지면서 했던 아버지 말, 지금도 머릿속에 냉동 저장되어 있다.

* 집현산: 경남 진주시 명석면에 있는 산.

담배꽁초

아버지는 아플 때마다 소다* 먹고 담배 피우면서 아픔을 달 랬다. 밥은 굶어도 담배는 못 굶는다고 했다. 앉은뱅이 생활로 신체 활동이 없으니 자연히 소화가 잘 안 되었다. 속이 더부룩 하면 소다를 먹었다. 소다는 알고 보니 그 당시에는 속을 편하 게 하지만, 위장을 상하게 하는 독약 같은 것이었다. 그런 소다를 밥 먹듯이 했으니 위장이 견딜 재간이 없었다. 결국 아 버지는 소다를 오래 먹은 이유에서 위장병으로 수술을 여러 번 하고 죽었다.

그리고 아버지는 담배는 피우고는 싶은데 살 돈이 없었다. 그래서 나를 길거리에 있는 담배꽁초를 주워서 오라고 했다. 비가 오지 않는 날이면 거리에 나가 꽁초를 주워왔다. 그때는 필터가 없던 담배라 꽁초를 몇 개 까면 제법 쏠쏠하게 '말대' 한 대는 피울 정도였다.

그날도 꽁초 조달하기 위해 사람들이 많이 다니는 차부 주변에서 임무를 충실히 수행했다. 한창 수행 중에 뒤에서 귀싸대기가 날라왔다. 돌아보니 정복 입은 경찰이었다. "이놈의 새끼 머리에 피도 안 마른 놈이 담배를 피워" 하면서 들고 있던 꽁초 봉지를 사정없이 하수구에 던져버렸다. 경찰도 임무 수행 중이었다.

필자가 어릴 때는 아이가 울면 '순사 온다.'고 하여서 달래고 했다. 그만큼 순사가 무서운 시대가 있었다. 일제 강점기 시절에는 순사가 사람이 아니라, 사람을 잡아먹는 호랑이 정도로 생각했을 것이다. 그만큼 일제강점기에는 순사가 조선사람을 못 살게 했다는 증거도 된다.

지금은 경찰이라고 하면 무섭지 않다. 지은 죄가 없기 때문에 오히려 경찰이 옆에 있으면 안심이 된다. 국민을 보호하는 경찰이니까!

그러나 그때는 순경을 순사로 알았다. 우리가 어릴 때 우는 아이를 달래기 위해 엄마들은 세상에서 제일 겁나는 '순사 온다.'는 이야기를 자주 했다.

그리고 일제 강점기 때의 아버지 이야기를 들어보면, 다리가 잘리기 전 소년 시절에 길을 가다가 말을 탄 순사가 칼을 옆에 차고 터벅터벅 오는 보고, 얼마나 무서웠던지, 아버지는 도랑으로 뛰어들어 물속에 숨었다고 했다. 자기를 잡으러 온 것도 아닌데, 순사만 보고도 겁을 먹어, 숨어 있다가 순사가 지나가고 나서야 흠뻑 젖은 옷으로 나왔다는 이야기를 여러 번 했다. 그리고 독립투사를 잡아 고문하는 무서운 사람이 순사라고도 말했다. 그래서 순사는 무조건 무서운 사람, 사람이 아닌 저승사자쯤으로 생각했던 것이다. 순사(순경)를 나도 길 가는 것만 보아도 무서워서 피하고 했다.

그런 순경에게 사정없이 뒤에서 귀싸대기를 한 대 맞았으니 겁이 나는 정도가 아니었다. 저승사자 같은 순경에게 잡혀갈까 봐, 담배꽁초고 뭐고 생각지도 않고 집으로 도망 왔다.

빈손으로 정신없이 집으로 온 나를 아버지는 앞에서 뺨을 휘두르면서 "이놈의 새끼 오데서 쳐 놀다 왔노" 뒤에서는 순경이, 앞에서는 아버지가, 나는 갈 데가 없었다. 나는 옆으로 집을 나와 전봇대를 잡고 울었다.

* 나트륨이나 나트륨 화합물을 일반적으로 부르는 이름

약장수

진주 서부시장 장날이었다. 그날도 아버지 담배꽁초를 조달하기 위해 거리로 나갔다. 사람들이 많이 모인 곳이 있어 비집고 보니, 막대기에 돌을 묶어 세워놓고 조금만 기다리면 그 돌이 걸어간다고 했다. 하도 말을 잘해서 말[語]장수인지, 약상수인지, 마술사인지 모호했다. 그리고 아이들은 보면 안 된다고 했다. 아이들도 보라고 했으면 '호기심'이 덜 했을 것이다. 아이들은 보면 안 된다고 하니까 더 보고 싶었다.

인간의 심리는 보지 말라는 것에 더 '호기심'이 간다. 그리스 신화에 우리가 잘 아는 판도라 상자다. 하지 말라고 하면 더 하고 싶은 것도 인간이다.

제우스는 남자만 있는 세상에 인간 최초의 여자 판도라를 보냈다. 에피메테우스의 아내가 된 판도라는 제우스에게 상자를 하나 선물 받았다. 제우스는 상자를 주면서 절대로 열어보지 말라는 당부를 했다.

에피메테우스의 집에 두고 있는 상자에 판도라는 그 안에 무엇이 들어 있는지 날로 궁금증이 더해 갔다. 제우스가 판도라에게 상자를 줄 때 절대로 열지 말라고 한 것이 더 궁금했다. 그리고 상자를 열었다간 엄청난 일이 벌어진다는 겁도 주었다. 그러니까 더 궁금했다.

시간이 갈수록 궁금증이 줄어들기는커녕 점점 더 커져 잠도 오지 않았다. 이 모든 게 제우스가 선물로 준 '호기심' 때문이었다. 결국 판도라는 호기심에 지고 말았다. 판도라는 모두가 잠든 밤이 되자 슬그머니 상자 뚜껑을 열었다. 뚜껑이 열리자 상자 속에 갇혀 세상의 재앙이 튀어나왔다. 그리하여 세상에서 좋지 않은 모든 것은 판도라 상자에서 나왔다는 이야기다.

사람의 '호기심'은 하지 말라면 더 하고 싶고, 보지 말라면 더 보고 싶은 피가 내 몸에도 흐른다. 우리는 인간 최초의 여자의 후손이기 때문이다.

나는 어른들 등 뒤에서 숨어 지켜봤다. 돌이 걸어가는 것을 보기 위해, 꽁초 줍는 것도 잊어버리고, 판도라처럼 호기심을 이기지 못하고 지켜봤다. 아무리 기다려도 돌은 걸어가지 않았다. 판도라와 같이 시간이 갈수록 더 궁금증에 호기심이 더했다.

하지만 뜻밖에 그 사람은 봉지에서 무슨 약을 꺼내더니 회충약이라고 했다. 회충은 밥벌레라고 하면서 밥 먹기 직전에

복용하라고 떠들었다. 나는 밥벌레보다 어서 빨리 돌이 걸어가기를 기다렸다. 그래도 돌은 걸어가지 않고 마술사인지, 약장수인지, 말장사를 하는 것인지? 돌은 걸어가지 않았다.

그리고 하는 말이 사람이 밥을 먹으려 할 때 밥벌레들이 밥냄새 맡고 새 새끼들이 입 쩍쩍 벌리는 것처럼, 밥벌레들도 콩나물 대가리로 입을 벌린다는 것이었다. 나는 밥벌레 입 벌리는 것보다 어서 저 돌이 어떻게 걸어가는지 자꾸 궁금해져 눈을 떼지 못했다.

약 한 봉지에 10원이라고 했다. 사람들은 하나둘 약을 사기 시작했다. 어둠이 내릴 때쯤 파장되었다. 그때까지도 돌은 움직이지도 않았다. 돌이 걸어긴다고 했는네도 움직이지 않은 것이 이상했다. 돌이 거짓말을 했는지? 사람이 거짓말을 했는지? 멍했다.

결코 나는 그것에 속아서 담배꽁초는 하나도 줍지 못했다. 날이 저물기까지 했다. 그래서 나는 망했다는 생각이 들었다. 아니 큰일 났다는 생각이 들었다. 집에 가서 아버지에게 무슨 말을 해야 할지 몰랐다. 사실대로 이야기하면 알아줄까? 하는 생각이 머리를 스쳤다. 아무리 생각해도 호기심 때문에 억울하기도 하고 괘씸한 생각이 들었다. 어두워서 꽁초를 줍지도 못하고 그렇다고 해서 빈손으로 집에 가면 아버지 성질머리가 가만히 두지 않을 것이 뻔한데, 무방비로 집에 갈 수가 없었다.

그놈의 돌 때문에 오늘은 장날이라 꽁초 소철이 좋을 것인데, 나는 망해도 크게 망했다고 생각했다.

나는 결국 아버지가 무서워 빈손으로 집에 가지 못했다. 추수를 끝내고 세워놓은 집동 사이에 비집고 들어앉아 있었다. 오히려 집보다 안심이 됐다. 따뜻한 집동 사이에는 누가 간섭하는 사람도 없고, 아버지도 모를 것이다. 그나저나 아버지는 담배를 어떻게 피울까? 하는 생각도 했다.

요즘 같으면 야단이 났을 것이다. 아이가 밤이 돼도 집에 오지 않는다고, 아마 경찰에 실종신고를 하고도 남았을 것이다. 그러나 그때는 찾지도 않았다. 집동 사이가 초저녁에는 따듯했지만, 새벽이 되니 추워서 견딜 수가 없었다. 할 수 없이 나는 새벽에 슬그머니 식구들이 잠든 사이 집에 들어갔다.

아버지에게 매 맞는 것과 추운 것 사이에서 고민했다. 아무리 비교해도 추워서 얼어 죽는 것보다 매 맞는 것이 나은 것 같았다.

아버지 수술

아버지는 수술을 여러 번 했다. 소다를 오래 먹다 보니 위장이 엷어져 자꾸 터졌다. 처음은 수술비 주고 했지만, 병원비가 없어 수술을 못 한다고 하니 원장은 수술비도 없이 해주었다.

필자가 지금 생각하면 병원 원장은 임상실험으로 아버지를 이용했다는 생각이 든다. 어차피 수술해도 안 된다는 것을 원장은 알고 있었다. 정확한 사실을 환자나 보호자에게 알리지 않았을 것이라는 생각이다. 그리고 수술을 이렇게 하면 생명연장이 얼마나 되는지? 또 수술한 방법에 따라 사람의 반응이 어떻게 나타나는지? 하는 일종의 임상실험으로 했다는 것을 개인적인 생각이다. 일제가 하얼빈에서 731부대라는 곳에서 인간을 마루타로 취급하여 생체실험한 정도는 아니지만, 사형수나 다름없는 시한부 아버지를 실험대상으로 삼았을 것이라는 의심이 간다. 영리 목적으로 하는 병원에서 자선사업을 하는 것도 아니고, 여러 번 수술비도 안 받고 해준 것에서 그런 생각이 든다. 물론 어려운 형편을 알고 연민으로 해주었을 수도 있다.

하지만 지금의 병원 운영을 보면 그렇지 않다는 것이다. 사람이 죽어가는 데도 치료비가 보장 안 되면 죽게 내버려 두는 것이 지금의 병원 운영 시스템이다. 위급한 환자가 있으면 우선 치료부터 해놓고 치료비는 나중에 생각해도 되는 것이다. 그런데 환자는 위급한데 보호자가 없어 입원 수속을 하지 못해 죽었다는 뉴스를 들은 기억이 있다.

병원도 영리를 목적으로 하는 하나의 사업이다. 그래서 병원 운영시스템에 이해가 간다. 병원도 먹고살아야 하니까, 수입이 없으면 병원 운영이 안 되는 것이 사실이다. 그때나 지금이나 병원의 운영은 똑같다고 생각한다.

그리고 아버지는 수술이 지겹지도 않은지 원장이 하라고 하면 꼬박꼬박했다. 안 하면 아프니까, 수술하고 정신이 들면 아버지는 욕을 해댔다. 의사가 뱃속을 걸레로 만들어 자꾸 아프다면서,

나는 그때 수술실을 처음으로 보았다. 간호사들이 아버지 피를 양동이로 받아 버린 것 같은 느낌으로 이상한 냄새가 나고, 전쟁터 야전병원처럼, 바닥에는 아주 작은 칼이 떨어져 있는 것을 똑똑히 보았다. 바닥에 핏자국이 얼룩져 있는 것이 지금도 내 머릿속에 선명하다.

매품팔이

나는 아이스께끼를 외치면서 온 동네를 누비고 다녔다. 고물을 받고 팔기도 했다. 현금 받는 것보다 이윤이 많았다. 가령 병 하나를 고물상에 가서 2원을 받으면 아이스께키는 1원어치 주면 된다. 밑천이 없어도 되는 장사였다. 장사를 마치고 값을 제과점에 지불하면 된다. 나머지 이윤을 가지고 서부시장에서 떨이로 파는 갈치를 몇 마리 전리품으로 집에 가지고 가면, 콩나물 하나에 육군 이등병 저녁 밥상에 해군이 올라와 있었다.

어머니가 진주 서부시장에서 국수 장사를 할 때였다. 장날만 손님이 있고 다른 날은 별로 없었다. 장날에 손님들이 국수를 먹고 어쩌다 남기는 사람이 있었다. 나는 그 국수 그릇을 방에 가지고 가서 먹고 했다. 그 맛이 어찌나 좋은지 지금도 잊히지 않는다. 그만큼 입에 풀칠하기가 어려웠다.

나도 무엇이든 해서 돈을 벌어야 했다. 그래서 아이스께끼 장사를 했다. 그날은 날씨가 억수로 더웠다. 아무리 외쳐도 사는 사람이 별로 없었다. 거리에 사람들도 잘 보이지 않았다. 날씨가 워낙 더우니까 사람들은 휴가를 떠났는지, 아니면 너무 더워서 밖을 나오지 못하였는지, 거리에 사람이 보이지 않았다.

땡볕에 땀을 흘리면서 돌아다녔다. 그러니 자연히 갈증이 났다. 한참을 돌아다니다가, 그늘에 앉아서 통을 열어보니 반쯤 아이스께끼가 녹고 있었다. 아이스께키는 팔다가 남으면 반품이 가능했다. 녹아도 그대로 제과점에 가지고 가면 값은 주지 않아도 된다.

더위에 지친 나는 갈증도 나고 해서 아이스께키 하나를 먹었다. 하나 가지고는 갈증을 푸는 데는 어림도 없었다. 두 개세 개 먹기 시작했다. 먹어도, 먹어도 자꾸 먹고 싶었다. 판것은 별로 없는데 내 입에 자꾸 팔 수는 없어 다시 한 바퀴 돌았다. 그래도 갈증만 나고 사는 사람이 없었다.

할 수 없이 내 입에 팔기 시작했다. 달콤하고 시원한 아이스께키, 내 입에 떨이로 팔아버렸다. 팔기는 팔았는데 돈은 원가도 훨씬 못 미치는 장사였다. 그렇다고 해서 통을 들고 도망가지도 못했다.

빈 통을 들고 제과점 갔다. 오늘 판돈을 이윤도 없이 두 손
으로 바쳤다. 사장은 손가락셈을 해보더니 내 뺨을 한 대
쳤다. 내 입에 팔고 지불한 아이스께끼 값이었다. 그래도 흥부
매품팔이보다 나은 것 같았다. 11살 무렵이었다.

그래도 우리 집이 그리웠다

우리 집에서는 식구들 입에 풀칠하기가 어려웠다. 콩나물만 가지고 끼니를 때울 때가 허다했다. 입 하나라도 덜어야 했다. 할 수 없이 나는 12살에, 비닐하우스 농가에 참외나 오이순 같은 것을 따기 위해 머슴살이 갔다. 집을 떠나온 첫날 밤, 태어나서 처음으로 남의 집에 자는 밤이었다. 어리둥절했다. 어미 젖 떼는 송아지처럼 불안했다.

지금 필자가 사는 전원주택 맞은편에 한우 목장이 있다. 처음 이사 올 때 생각으로는 닭이나 돼지 농장이었으면, 냄새가 나서 오지 않았을 것이다. 하지만 한우는 분뇨 냄새가 많이 나지 않은 생각으로 이사를 왔다. 그러나 송아지 젖 떼는 소리에 후회한다. 냄새만 생각하고 이사를 왔는데, 소 울음은 생각지도 않은 스트레스를 받는다. 알고 보니 송아지를 생산해서 비육하는 농장이었다.

송아지가 어느 정도 자라면 젖을 떼기 위해 따로 분리한다.

분리하는 날이면 어미와 송아지가 불안해하면서, 먹지도 않고 축사가 날아갈 정도로 운다. 처음 목소리는 쩌렁쩌렁 울다가 차츰 목이 쉬어 가면서 울음소리는 작아진다. 3일째 되는 날은 목 안이 터져버렸는지, 처음과는 달리 끼 이끼 소리 하면서도 계속 울었다. 4일째 되는 날은 너무 울어 목이 쉬어서 울기는 우는데 다 죽어가는 소리를 한다.

그러나 불편함을 참고 소의 입장에서 생각해보았다. 얼마나 서로가 떨어지기 싫었으면 저렇게 섧게 울까 하는 생각을 했다. 어미와 정을 떼는 것이 저렇게 어려울까 하는 것에서 마음이 애처로웠다.

나도 처음 집을 떠나온 날 어미 젖 떼는 송아지 같이 울었다. 좋으나 궂으나 부모 밑에 있다가 집을 나오니 울음이 나왔다.

집에 있을 때는 정이라는 것을 몰랐다. 막상 집을 떠나오고 보니 낯선 집이고, 이제 혼자라는 것이 외롭기도 했다. 12살이었던 나는 불안했다. 왠지 울음이 자꾸 나왔다. 아주 섧게 울었다. 집이 있는 방향을 보고 울었다. 집이 있는 쪽 구름도 보고 울었다. 그쪽에서 불어오는 바람을 얼굴에 비비면서 울었다. 송아지는 그래도 어미도 같이 따라 울어주는데 나는 혼자 울었다. 소리도 없이 울었다. 글을 쓰고 있는 지금도 그때 생각에 울고 있다.

3일째 되는 날이었다. 그때까지는 억지로 참아왔지만, 나는 도저히 견딜 수가 없었다. 정이 무엇이길래 그렇게 아버지에게 매 맞고 했지만, 그래도 우리 집이 그리웠다. 나는 3시간을 걸어서 집을 찾아갔다. 어머니는 나를 보더니 반가운 얼굴로 "이 추운데 우찌 걸어왔노" 하면서 언 손을 잡으면서 아랫목에 앉혔다.

하지만 아버지는 앉아 있는 나를 한쪽 발로 툭툭 차면서 "찔찔 짜면서 와 왔노 그기 있으문 바른 얻어 쳐묵걸긴데" 하면서 화를 냈다. 맞으면 아파야 하는데, 아프지 않아서 슬펐다. 55년이 지난 지금도 내 등에 감각이 살아 있다.

어머니는 "죄 없는 아는 와 때리요, 죄는 우리가 지어놓고" 하면서 큰 한숨을 쉬면서 한없이 울었다.

아버지 죽은 날

나는 머슴살이를 했다. 비닐하우스 안은 한증막 같았다. 안에는 30도 넘는 열대지방이고 밖에는 영하의 한대 지방이었다. 쉬는 날 없이 매일 일만 했다. 하우스 안에서 오이와 참외 순 따는 일 했다. 손톱에 봉숭아 꽃물처럼 손톱 밑에 푸른 물이 들었다. 밤에 손톱을 보면서 내가 여자라면 봉숭아 손톱에 꽃물들일 나이인데, 일해서 손톱 밑에 푸른 물이 들은 것을 보면서 울음이 나왔다.

머슴살이 농촌 일은 비나 눈이 오면 쉬는 게 보통이었다. 하지만 하우스 안이기 때문에 눈비가 와도 일했다. 이제는 부모형제도 생각이 안 나고 오로지 하루라도 쉬었으면 하는 생각밖에는 없었다. 일하는 재미도 없고 지루한 일상만 반복될 뿐이다. 또래의 주인집 아들은 공부하고 죽어라 노는데, 나는 왜 놀지도 못하고 죽어라 일만 해야 하는지 서러웠다.

어느 날 사촌 형님이 왔다. 아버지가 죽었다고 했다. 나는 아버지 죽은 것이 슬프지 않았다. 속으로는 좋았다. 하우스 일을 며칠 하지 않아도 된다는 생각에.

　아버지가 죽는 날 저녁 어머니와 동생들은 울었다고 했다. 어머니는 아버지가 이제 저승으로 가는 마지막 밤인 것을 예감하고 울었다고 했다. 초저녁에 아버지는 '아야' 하는 소리로 시작되었고 했다. 차츰 아야 하는 소리가 작아졌다고 했다. 그것이 아버지는 이승의 마지막 발악이었던 것이었다. 아버지는 태어나서 유년 시절에만 성한 몸으로 있었지만, 청소년이 되어 독사에 한쪽 다리를 잃고 지금까지 아파하면서 살아왔다. 아픈 것 빼고는 성한 몸으로는 얼마 살지를 못했다. 아버지의 삶 전체가 아픔뿐이었다. 그 아픔을 마지막 가는 저승길에서까지 아프다는 말만 하고 죽어갔다.

　이렇게 아버지가 죽어가는 날 어머니는 슬퍼서 울었고, 동생들은 저녁밥이 적어 서로 다투며 울었다고 했다. 다 같은 울음에도 이렇게 성분이 다른 것이 있다. 슬퍼서 우는 것과 배가 고파 우는 것 사이에, 성분을 분석하면 아마도 배고픈 것이 우선일지 모른다. 우선은 먹어야 사니까, 어린아이들은 배가 고프면 운다. 동생들이 우는 것도 배가 고파 살기 위해 울었을 것이다.

　어머니 울음 성분은 반대로 이제는 영원히 먹지 못할 사람을 위해서 우는 것이다. 죽은 사람은 영원히 못 먹으니까, 어쩌면 살아 있는 동생들의 울음이 더 절실하다. 동생들은 아버지야 죽어가든 말든 우선은 배가 고팠던 것이었다. 배고픈 동생들의 울음을 보면서 어머니는 울음에 울음을 더했을 것이다.

장례절차도 없이 거적 말이 초상 치르듯 화장장에 가게 되었다. 큰아버지를 비롯한 일가친척 몇 분이 와서 겨우 관 하나만 준비했다. 그런데 병원에서는 사망진단서를 발급해 주지 않는다고 했다. 수술비는 받지 않더라도 입원한 방값은 주고 가라는 것이었다. 우리가 나가든 말든 병원에서는 입원한 방값을 해결하지 않으면, 사망진단서는 해주지 않는다고 했다. 필자는 어려서 모르는 일이지만, 화장장에서 사망진단서가 필요했던 모양인데, 사망진단서를 해주니 안 해주니 하면서 어른들이 다툼하는 것을 보았다.

지금 생각해 보면 굳이 화장을 안 하고 옛날 거적말이 해서 그냥 공동묘지 같은 데 가면 되는데, 왜 화장장에 꼭 가야만 했는지에 대해 나는 궁금했다. 어른들 말로는 살아서 너무 많이 아팠기에 성한 데가 없는 몸이어서 화장한다고 했다.

병원에서 다툼을 끝내고 화장장에 갔다. 아버지를 다 소각하고 나서 아버지 정체를 모르는 관리자는 소각 중에 한쪽 다리는 도망가고 없다고 했다.

그 다리는 옛날에 도망갔는데!

어머니는 떡 장사했다

아버지가 죽고 집이 없어 이모 집에 살면서 어머니는 떡 장사했다. 나는 머슴살이를 견디지 못하고 어머니에게로 왔다. 아버지가 살았을 적에는 아버지가 무서워서 오지 못했다. 어머니는 머슴살이하기 싫어서 집에 온 나를 억지로 보내지는 않았다.

아버지와 어머니를 생각하면 아들에 대한 정이 아버지보다 어머니가 많았던 같았다. 특히 아버지는 장애로 인하여 보통 사람보다 신경질적인 성격을 가지고 있었다. 그것을 우리에게 걸핏하면 매 때리는 것으로 쌓인 스트레스를 풀었다. 아버지가 살았더라면 집에 오는 것은 꿈도 꾸지 못했을 것이다. 그러나 어머니는 억지로 머슴살이 가라고 하지 않았다.

어머니는 떡을 집에서 만들어 팔았다. 방앗간의 품삯을 아끼기 위해 어머니가 떡을 직접 손으로 찐 떡을 만들어 팔았다. 떡을 팔고 올 때는 쌀을 사 왔다. 그 쌀은 싸전에서 팔다가 땅에 흩어진 것을 쓸어모아 돌이 섞인 쌀이었다.

그때는 싸전에서 거래할 때 되박을 가지고 했다. 싸전에 사람이 되질하다가 흩어진 것을 쓸어모은 것이어서 반값이었다. 나는 쌀에서 돌 가려내는 일을 했다. 그만큼 수고가 되더라도 한 푼이라도 더 벌기 위해 그렇게 했다.

집에서 어머니가 떡을 찔 때는 냄새가 좋았다. 떡 하나만 달라고 해도 안 된다고 했다. 팔아서 돈을 해야고 한다면서, 떡 삶은 물만 울컥울컥 먹었다. 침이 꼴딱꼴딱해도 참아야 했다. 그래서 나는 어머니가 시장에서 떡이 안 팔리는 날이 더 좋았다.

그렇게 어머니가 떡 장사할 때에, 진양호 댐 준공식이 있었다. 박정희 대통령도 참석했다. 그래서 어머니는 평소보다 떡을 많이 해서 장사를 갔다.

요즘 진양호 대홍수로 떠내려온 쓰레기처럼 사람이 많았다. 가장자리에서 장사를 시작했다.

처음 한두 사람과 계산을 하는 사이에 사람들은 그냥 떡을 집어 가기 시작했다. 계산도 없이 너도, 나도 옆에 사람이 집어 가는 것을 보고, 배고픈 아마존 피라냐 떼 같이 우러러 몰려들어 집어 갔다.

어머니는 정신이 없었다. 워낙 사람들이 쓰나미처럼 밀어닥치는 바람에, 장사는 뒷전이고 오히려 사람들 밑에 깔려 죽을까봐 겁이 날 정도였다. 순식간에 떡함지는 비어 나뒹굴고 있었다.

어머니는 빈 함지만 들고 박정희를 원망하면서, 울면서 집에 왔다 '싸게' 만났다 하면서,

* 싸게: 우러러 몰려들어 계산도 없이 물건을 가져가는 경상도 방언.

유복자1

아버지가 죽고 입관할 때 사람들은 모두가 참 잘 죽었다고 했다. 주변에서 아버지가 아파하는 것을 본 일가친척들이 한 말이었다. 지금 생각하면 얼마나 고생을 했으면 죽은 사람 앞에서 그런 말을 했을까, 하는 생각이 든다. 죽을죄를 짓고 사형을 당하더라도 죽은 사람 앞에서는 그런 말은 하기가 쉽지 않을 것이다. 죽음은 누구나 한 번은 오는 필연적이지만, 그렇다고 해서 죽음을 정리하는 현장에서 참으로 잘 죽었다는 말은 나오기 쉽지 않다. 속으로는 그런 생각을 해도 대놓고 직접 한다는 것은 참으로 슬픈 일이었다. 더구나 아버지가 40대 중반인 젊은 나이인데도.

하지만 어머니는 관을 더듬으며 특별히 슬피 울었다. 울다가 울음을 뚝 그치고 어머니는 큰아버지께 특별한 말을 했다. "배 속에 아이가 있어요." 3개월째라고 했다. 큰아버지를 비롯한 일가친척 몇 분이 와서 겨우 관 하나 준비하여 입관을 마친 때였다.

아버지는 살아서 성질부리는 것 **빼면** 살아 있는 시체였다. 세상에서 성이 나서 좋은 것은 하나뿐인 그것이라는 말을 들었다. 그렇게 병중에 오래 있으면서도 아버지는 그것 성질도 잘 부렸던 것이다.

살아 있는 생명체는 모두가 후손을 남기는 데 모든 초점이 맞추어져 있다. 식물도 꽃을 피우고 하는 것은 자기 유전자를 남기기 위해서다. 벌이나 나비들이 좋아라고 꽃을 피우고 꿀을 제공하는 것이 아니라, 자기 유전자를 남기기 위한 하나의 방법이다.

동물도 마찬가지로 살아가는 포커스가 유전자를 남기기 위한 것에 맞추고 있다. 동물 중에는 사람도 포함이 된다. 아버지도 동물이며 사람이다. 모든 생명체가 자기 유전자를 남기고 죽어가는 것이다. 이처럼 아버지도 죽어가면서 충실하게 유전자를 또 하나 더 남기고 죽었다.

어머니는 아버지가 죽고 오해를 받을까 봐, 그때 부끄러움을 무릅쓰고 말을 했을 것으로 짐작이 된다. 아버지가 없는데 아이를 가졌다고 하면 누구나 이상하게 생각을 했을 것이다.

필자가 자라서 생각해 보니 아버지는 한쪽 다리는 병신이어도 가운데 다리가 강했다는 생각이 든다.

내가 비닐하우스 농가 머슴살이할 때 부부만 하는 다른 하우스에 심부름 갔다. 비닐하우스 문을 열고 들어가니 부부가 대낮에 그것 하는 것을 현장 목격했다.

어릴 때 어느 날 밤 아버지가 어머니에게 말하는 것을 들었다. 그것을 하자고, 어머니는 안 된다고 했다. 내가 잠들지 않았다는 이유로, 나는 일부러 잠든 척했다. 그래서 나는 밤낮으로 포르노 비디오보다 더 생생한 것을 보았다.

어느 날 어머니는 아버지가 다리는 병신이어도 아이 만드는 것은 기술자라고 했다. 동네 여자들만 모여 있는 자리에서, 여자 중에서 "자네가 공장을 잘 돌리는가 보네" 들었던 말이 지금도 생생하다.

기술자에게 생산된 우리는 길가에 돌멩이처럼 대책이 없었다.

유복자2

　어머니는 배 속에 아이를 가지고 떡 장사했다. 임신중절수술 같은 것은 생각지도 못했다. 그때 형제가 4남 1녀인데, 맏이가 14살이었다. 줄줄이 포도송이처럼 아이들뿐이었다. 지금 아이들도 감당하기가 어려운데 아이를 낳아 키운다는 것은 생각할 수도 없었다. 지금처럼 정부 인구정책으로 보조도 있는 것도 아니었다. 다만 정부에서 하는 일은 고아원을 운영하는 시설밖에 없었다. 형편으로 보면 형제들 모두가 고아원에 가는 수밖에 없는 형편이었다. 그래도 어머니는 고아원에 하나도 보내지 않았다.

　만삭이 될 때쯤에 어머니와 이모는 아이를 낳으면 잘 아는 사람 부잣집에 입양을 약속했다. 하지만 조건이 있었다. 딸이면 되고 아들이면 안 된다고 했다. 아들은 키워 놓으면 꿩 새끼 어미 찾아가듯 가버린다는 것이었다.

　어머니와 이모는 어쨌든지 딸이기를 빌었다. 남아선호사상이 팽배하던 때에 어떤 여자는 아들을 낳지 못해 구박을 받고

쫓겨나는 시절이다. 그런데 딸이기를 비는 것은 드문 일이
었다.

하지만, 태어난 아이 울음소리에 이모는 탈기를 했다. 막내
는 고추를 달고 태어났다. 이모는 아까운 혼처를 놓친 것처럼,
'그 집이 어떤 집안인데' 하면서 가위로 고추를 자르고 보내자
는 말까지 했다.

이모는 아이를 고아원에 보내라고 했다. 하지만 어머니는
갈등했다. 고아원에 보내는 것은 아이를 버린다고 생각했다.

만약에 딸이었으면 입양 보낼 때 젖을 물리지 않고 보내기
로 약속했다. 얼굴도 보지 않고 보내기로 했다. 입양할 사람이
어머니가 해산할 때에 문밖에서 기다리고 있었다.

하지만, 막내는 고추를 달고 태어나는 바람에 갈 길을 잃
었다. 우왕좌왕하는 사이에 아프리카 아이처럼 배가 고파 울
때, 어머니는 그만 젖을 물리고 말았다. 차라리 보지도 않고,
젖도 물리지 않고 보냈다면 모정이 덜 했을 것이다.

모정을 뗄 수 없었던 어머니는 아이를 키우기로 했다. 누이
동생이 아이를 봐주고 어머니는 떡 장사했다.

누이동생은 아이를 업고 다니면서 울었다. 동생 때문에 학
교도 못 간다면서.

막내는 형제 중에 아버지를 제일 많이 닮았다. 아버지가 젊

은 나이로 가면서 마지막 분신으로 남긴 막내는 키도 크고 얼굴, 골격도 똑 닮았다.

옛날에는 씨름하면 전국에서 진주가 유명했다. 특히 돗골*은 백사장이 많아 씨름판이 자주 있었다고 했다.

아버지는 다리를 잃기 전에 힘도 세고 키도 컸지만, 아버지보다 더 큰 덩치를 가진 씨름꾼, 돗골에서 제일 잘하는 '점배기'라는 씨름꾼을 이겼다고 자주 자랑하면서, 아버지는 병신이 된 것에 항상 신세타령하는 것을 들었다.

유복자 막내는 아버지 얼굴이 궁금해 사진 한 장 없다고 불평할 때, 형제들은 아버지가 궁금하면 네 그림자를 보라고 했다.

＊ 돗골: 지금의 진주 도동.

비닐하우스

1

떠돌던 식구들은 고향으로 왔다. 마침 빈 오두막이 있어서 다섯 식구가 콩나물 생활했다. 남의 집 소작 농사도 하고, 어머니는 남의 집 일을 해주고 품삯 벌이도 했다. 어린 동생들은 남의 집 논에서 보리나, 나락 이삭도 줍고 해서 끼니를 때우는 데 보탰다.

나는 돈을 벌기 위해 비닐하우스를 했다. 소작으로 얻은 논에, 비닐하우스 농가에서 머슴살이할 때 어깨너머로 본 경험으로, 큰아버지는 "빌어먹을 것이라며" 하지 말라고 극구 말렸다. 지금 생각하면 참으로 어리석은 생각이었다. 지금은 비닐하우스 농사가 대중화되고 기술도 발전하여서 하기가 쉽지만, 그때는 하우스 농사가 초기인지라 공유할 정보도 없고 어떻게 보면 우물 안 개구리였다. 더구나 나는 18살 동생은 14살 때였다. 보통 농사보다 어려운 비닐하우스를 할 만한 나이가 아니었다. 단지 머슴살이할 때의 경험으로는 안 되는 농사였다. 돈을 벌어야겠다는 부푼 꿈만 가지고는 안 되는 농사였다.

그리고 그때는 농업기술원에서는 쌀농사에만 연구를 집중하던 때였다. 우리나라 쌀을 자급자족하기 위한 정책에 포커스가 맞추어져 있었다. 원예농업은 초기 시험단계라 기술지원을 받지 못했다. 가령 기술지원이 있어서도 어려서 어디서 어떻게 해서 받을 줄도 몰랐을 것이다. 오로지 머슴살이 어깨너머로 본 적은 경험을 가지고 해야만 했다.

막상 시작하려고 하니 밑천이 없었다. 보통 농사와는 달리 밑천이 많이 드는 것이었다. 어머니가 동네에 다니면서 구걸을 하다시피 돈을 빌렸다. 그래도 어머니는 돈을 번다는 것에 기대했던지 돈을 빌려다 주었다. 나는 눈물이 날 정도로 고마웠다. 태어나서 그때만큼 어머니가 고마울 때가 없었다.

꿈속에서, 창고에 돈이 쌓이기 시작했다. 이제는 열심히 해서 돈을 번다는 부푼 꿈을 안고 했다. 농사 작황은 그런대로 되었다. 하지만 이른 봄, 뜻밖에 비가 심하게 와서 하우스가 물에 잠기어 버렸다. 참외가 물에 둥둥 뜨는 것이 내 심장이 뜨는 것 같았다.

그리하여 처음 비닐하우스 농사는 빚만 지고 큰아버지 말대로 빌어먹게 되었다. 밥은 빌어먹어도 되는데, 어머니가 빌려온 빚은 빌어서 갚지는 못했다. 할 수 없이 나는 일 년을 머슴살이 또 했다.

2

나는 성인이 되어서 가난을 매미 껍질처럼 벗기 위해 동네에서 비닐하우스를 제일 많이 했다. 죽기 아니면 살기로 했다. 내 몸이 가루가 되어도 돈을 벌어야 한다는 생각밖에 없었다. 내 눈에 보이는 것은 오직 돈뿐이었다.

그때 파인애플 비닐하우스가 유행했다. 이 하우스는 나는 하고 싶어도 아버지가 물려준 가난의 그림자 때문에 그림의 떡이었다. 보통 하우스보다 엄청난 밑천이 들었다. 다른 사람들이 파인애플 하우스 하는 것을 부러워했다. 해외 농산물이 개방이 안 되는 때라 수입도 좋다고 떠들었다. 시설비가 많이 들어서 그렇지 시설만 해놓으면 보통 작물보다 일이 수월했다.

그때 흥미를 잃어가던 한 농가에서 파인애플 비닐하우스를 인수했다. 나는 하늘에서 떨어진 것처럼 기뻤다. 재래식으로 하던 하우스 안을 보다가 앵글 골조로 된 큰 하우스를 보니 안 먹어도 배가 부른 것 같았다. 무슨 큰 공장 사장이 된 기분이었다. 그 하우스는 단동으로 되어 있었다.

나는 작물이 되든 안 되든 토지 임대료는 주어야 했다. 단동으로 된 것을 연동으로, 1천 평이나 되는 면적에 1평도 남김없이 비닐을 덮기로 했다. 토지 사용 효과를 최대한 높이기 위해 연동으로 지을 작정이었다.

그리고 나를 잘 아는 시설업체에 찾아가서 사정했다. 내 형편을 잘 아는 사장은 친절하게도 저렴한 비용으로 비닐하우스를 지어준다는 약속을 받았다. 나는 비닐하우스에 들어갈 모종만 키우라고 했다.

모종은 다 커 가는데, 모종이 들어갈 집은 허허벌판에 찬바람만 불었다. 나는 찬바람을 동행하고 시설업체를 찾아가니, 수입이 좋은 다른 시설에 발을 빼지 못하고 있었다. 나와 계약을 할 때는 일이 별로 없어서 사장이 싸게 계약을 하는 것을 보고, 옆에 관계자가 만류해도 일이 없으니 사장은 그거라도 하자고 하여 구두계약을 했다. 그런데 이후에 수입 좋은 공사가 마구 들어오니 내 일은 뒷전이었다. 나는 그때 그 좋은 공사에 빠진 사람 발을 자르고 오라고 할 수가 없었다. 옛말에 싼 게 비지떡이라는 말이 생각났다.

사장은 또 친절하게 기술은 무료로 제공할 테니 스스로 지으라고 했다. 사장의 친절을 원망하면서 할 수 없이 키운 모종을 버리고, 사장의 기술지원으로 늦가을에 시작하여서 나는

찬바람과 죽을 고생으로, 동네사람 품삯으로 연동 하우스를
완성했다.

3

연동 하우스를 완성해서 보니 하우스 안이 큰 벌판 같았다.
면적이 넓은 만큼 돈도 많이 벌 것이라는 꿈에 부풀었다. 애초
보다 면적이 배는 넓은 것 같았다. 그래서 파인애플 모종이 모
자랐다. 절반의 공간에 머스크멜론을 재배했다.

하필이면 그해 우리 동네에 경지정리와 하천 직강공사를
했다. 우리 하우스 북쪽으로 공사하는 덤프트럭이 들락거
렸다. 겨울 가뭄으로 비도 오지 않고 북풍으로 먼지가 떼구름
으로 하우스 지붕을 덮었다. 마치 중공군 인해전술처럼, 하우
스 지붕을 덮었다. 비가 오면 먼지가 씻겨 나갈 것인데, 겨우
내 심한 가뭄으로 비가 오지 않았다. 먼지가 쌓여 햇빛이 하우
스 안에 들어오지 않으니까, 온도도 올라가지 못하고, 햇빛을
보지 못한 작물도 시들어 갔다. 심어진 작물들은 먼지들의 억
압에 꽃을 피우지 못하고 죽어갔다. 비닐하우스는 겨울 한 철
농사인데!

나는 하우스 안에서 천장만 바라보고 하늘을 원망만 했다.
하늘이 무심하다는 생각만 했다. 작물들도 하늘을 봐야 별을
따는 것인데, 하늘은 보지 못하고 지붕에 붙어있는 먼지들의
똥구멍만 바라보고 노래져 죽어갔다.

할 수 없이 처음 파종한 머스크멜론은 뽑아버렸다. 공사장 먼지로 인하여 한번 농사를 망친 셈이다. 지금 같았으면 공사 관계자에게 보상을 요구해도 될 것인데, 그때는 천재지변처럼 생각했다. 지금 생각하면 참으로 어리석었다.

그리하여 봄이 되니 비가 내리고, 하우스 지붕이 빗물에 씻겨 안에 햇빛이 들었다. 멜론을 두 번째로 파종하였다. 농작물 중에서 재배가 가장 어렵다는 머스크멜론을 경남농업진흥원의 도움으로 재배에 성공했다. 서울 미도파, 롯데, 현대백화점 등 전국 유명 백화점에 납품하였다.

진주 MBC에서 〈다섯 시에 만납시다〉 프로그램에 7분 동안 성공사례를 방송했다. 경남농촌진흥원 관계자도 대량으로 재배 성공은 기적이라면서 하품했다.

지금까지 비닐하우스 농사를 한 중에서 제일 성공한 것이라고 할 만큼 되었다. 하지만 멜론재배는 너무 일손이 많이 들어 넓은 하우스에 재배를 계속한다는 것은 무리였다. 그리고 하나의 작물을 계속 재배한다면 해거리를 해야 하므로 더 어려웠다. 그래서 파인애플을 심었다. 애초의 목적도 파인애플이었고, 다른 작물보다 일손이 덜 갔다.

파인애플을 심어놓고 시간이 지나도 뿌리가 내리지 않았다. 파인애플은 열대 식물이지만 다른 작물보다 강했다. 시들어도 한참을 가야 시들었다. 그런 관계로 빨리 죽지 않았다. 거의 6

개월이 되어도 뿌리는 내리지 않고 누렇게 변했다.

그래서 토양을 채취하여 농촌진흥원에 의뢰를 하였더니 토양에 염분이 많아 뿌리를 내리지 못한다고 했다. 비를 맞히지 않고 오래 하우스를 했기 때문이라고 했다. 특히 파인애플은 포토 모종이 아니라 꺾꽂이로 하기에 다른 작물에 비해 더 했다.

누렇게 말라가는 파인애플 이파리를 보면서 '하늘과 땅이 나에게 평생 이런 축복만 주는구나!' 절뚝거리던 아버지 다리가 생각났다. 18년 비닐하우스 농사를 접었다. 식구들 고생만 죽도록 시키고.

층간소음

'층간소음'이란 신조어로 옛날에는 없던 용어다. 인류가 움막을 짓고 마을공동체 생활을 시작했을 때에는 생각도 못 했던 용어다. 문명의 발달로 주거 공간이 첨단화되면서 자연스럽게 쓰인 용어이며, 기원은 아피트가 생기면서 위아래 층의 소음을 말한다.

사람의 성격에 따라 차이는 있지만, 예민한 사람은 잠을 못자고 시비하는 것이 다반사다. 뉴스에서 보면 심한 사람은 다투다 못해 살인까지 하는 것을 들었다. 필자도 예민한 사람 중에 하나로 아파트에서는 잠을 못 잤다. 그래서 도시를 피해 시골로 이사했다. 하지만 시골에서도 층간소음이 있었다. 위아래 층이 아니라 이웃에서 소음이 났다. 개소리다.

이사한 우리 집이 동네 가운데 있었다. 집 앞에는 창고가 있었다. 창고 앞으로 2차선 도로가 있고, 창고 주인집은 도로 건너편에 있었다. 창고와 도로를 끼고 다른 집들이 옆 뒤로 둘러

싸고 있었다. 그 창고에 개를 한 마리 키우고 있었다. 창고 앞이 도로인 관계로 자동차나 사람이 지나가면 짖어댔다. 밤낮 없이 짖어댔다. 하필이면 내가 자는 방과 맞은편에 있었다. 나는 개의 목은 아무리 짖어도 목이 닳지 않아 강철로 되어 있는 것 같았다. 아무리 짖어도 닳지 않은 무쇠 같았다. 한번 시작하면 2시간 이상 짖기 시작했다. 어떤 때는 날이 새도록 짖어댔다. 죽기 살기로 짖어댔다.

그래서 개 주인에게 불편함을 호소했다. 개 주인은 내 땅인데 무슨 소리를 하느냐고 했다.

아무리 자기 땅이라도 옆에 사람이 불편해하는 것을 생각해야 한다. 한때 필자는 비닐하우스 농사를 그만두고, 정부 융자로 젖소를 10마리 정도 소규모로 낙농을 시작했다. 축사 시설과 설비를 갖출 때까지도 이웃에서 아무런 말이 없었다.

그런데 본격적인 우유를 생산하기에 이르러 이웃 주민들은 불편을 호소했다. 그때 우리 집이 동네 가운데 있는 것도 아니고, 변두리였다. 애초에 동네 가운데라면 시작도 안 했을 것이다.

한우는 별도의 설비가 없이 사육할 수가 있지만, 젖소는 시설비가 많이 들었다. 착유기와 우유 보관 냉장고 등이 보통 돈이 드는 게 아니었다. 이런 것을 현금으로는 살 수가 없고 축협의 융자로 했다. 차라리 동네에서 냄새나는 불평을 처음부터 했더라면 시작하지도 않았을 것이다. 모든 것을 다 해놓고 나서야 이웃에서 불평하는 것이 문제였다. 그때는 특별한 농장이 아니면, 대부분 동네 사람들은 그런 정도는 불편을 감내하는 시기였다.

그러나 동네 주민 한 사람은 아침마다 오다시피 하여 대문 앞에서 "손사장 제발 냄새가 나서 못 살겠다"고 시위대 구호 같은 말을 계속했다. 나는 기가 막혔다. 돈 좀 벌어보려고 큰 맘 먹고 시작했는데……

동네 집안사람들은 어디를 가나 그렇다고 하면서 신경 쓰지 말고 계속하라고 했다. 하지만 남에게 피해를 주면서 내가 생활을 한다는 것은 마음이 불편해서 살지 못할 것 같았다. 그리고 한편으로는 더러워서 못 해 먹겠다는 생각에 보따리를 싸서 시내로 이사를 했다.

그리고 먹고살 만한 시기에 고향이라고 찾아온 것이었다.

나는 그때 시내버스 기사였다. 근무일에는 새벽에 나가야 했다. 출근 시간에 콩나물같이 사람들을 태우고 운전을 해야 했다. 만약에 잠을 못 자고 출근해서 졸음운전으로 사고라도 나면 끔찍한 일이다. 나 하나 죽는 것이 아니라 수많은 생명이 내 손안에 있는 것이다.

그리고 나는 불면증이 있어 매일 수면제를 먹지 않으면 잠을 못 잤다. 그날도 새벽에 출근하려고 수면제에 잠을 청했다.

그러나 개 짖는 소리가 잠에 쇠고랑을 채웠다. 저놈의 개가 그
치도록 참았다. 그러나 계속 짖어댔다. 짖어도, 짖어도 목구멍
이 닳지 않은 강철 같았다. 내일 아침 출근은 해야 하는데, 잠
을 자야 하는데, 하지만 개소리는 그치지 않았다. 수면제 약발
을 개소리가 잡아먹었다. 어떤 때에는 수면제 약발이 안 받을
때는 소주를 서너 잔 잠에 덮어씌운다. 그러면 잠이 순종한다.

그때도 수면제 위에 소주를 몇 잔 걸쳤다. 그래도 개소리는
계속 내 머리를 파고들었다. 소리가 창문으로 넘어와 내 머리
통을 파먹는 것 같았다. 소주 몇 잔을 더 걸쳤다. 정신이 몽롱
해져도 잠은 오지 않았다. 미칠 지경이었다. 수면제 위에 소주
를 걸치고, 걸치고 했으니 온전한 정신이 아니었다. 잠을 자려
고 할수록 개소리는 점점 커지고 있었다. 그 상황에서는 개가
아니라 누구라도 걸리면 보내버리고 싶은 심정이었다.

나는 밖으로 나와 괭이를 들고 개가 짖는 창고로 달려갔다.
매여 있는 개는 덩치는 작았지만, 고막이 찢어질 것 같이 앙칼
지게 달려들었다. 괭이로 한 방에 보내버렸다. 화가 하늘 끝까
지 난 나는 숨도 쉬지 않은 개를 한방 더 쳤다. 그리고 방으로
왔다. 다시 누워 잠을 불렀다. 그러나 한번 놀란 잠은 쉽게 오
지 않았다. 가만히 생각하니 억울해서도 잠이 오지 않았다. 개
소리에 잠을 강탈당한 기분이었다. 개는 죽고 없으나 개소리
잔상이 나를 괴롭혔다. 다시 분풀이 대상으로 저항도 없는 죽

은 개에게 가서 더 때렸다.

　잠을 못 자도 출근은 해야 했다. 출근해서 회사 당직 근무자에게 몸이 안 좋아 종일 일은 못 한다고 했다. 예비기사 하나 불러 달라 부탁하면서 첫차 노선만 돌려주고 집에 왔다. 만약 아침에 음주단속이 있었더라면 꼼짝없이 걸릴 뻔했는데 다행히 무사했다. 정신을 바짝 차리고 기존 습관에 의해 운전했다.

　집에 와 보니 조용했다. 개 주인도 아무 말 없이 조용했다. 난리가 났을 줄 알고 집으로 왔는데 조용하니까 더 불안했다. 아침마다 개밥을 주는 주인은 산에 짐승이 와서 해치우고 갔다는 생각을 하고 있었다. 하지만 마음이 불안해서 가만히 있을 수가 없었다. 차라리 욕을 먹든지, 얻어터지든지 해야 마음이 편할 것 같았다. 매도 일찍 맞는 게 낫다는 속담이 생각났다.

　개 주인을 찾아가 어젯밤 사실을 고백했다. 주인은 순간 얼굴이 변했다. 무엇이든지 보상을 할 테니 용서해 달라고 빌었다. 교통사고로 숨진 사람에게 보상하듯이 고깃값은 얼마든지 드릴 테니 용서해 달라고 빌었다. 하지만 개 주인은 사람을 죽여 놓고 돈만 주면 해결이 되냐고 하면서 필요 없다고 했다. 나는 개 주인이 차라리 경찰에 고소라도 해서 해결을 봤으면 했다. 법에 가면 오히려 피해를 본 사람은 나라고 호소도 하련만, 그것도 안 한다고 했다. 이것도 아니고 저것도 아니고 단지 요구하는 것은 원래대로 하라는 것이었다.

나는 석고대죄하는 것 같이 주인집 마당에서 기다렸다. 낮에는 농촌 일로 밖에 나가서 저녁에 오면 마당에서 기다렸다. 어쩌다 문을 열고 들어가면 밥맛 떨어진다고 하면서 문을 닫았다. 나는 마당에서 식사가 끝나기를 기다렸다. 그래도 문이 열리지 않았다. 이웃집 사람에게 중재를 부탁했다.

그것도 소용없었다.

나이가 몇 살인데

경상대학병원 응급실 야간 보호자로 어머니 곁에 있다. 보호자 침대도 없어 의자에 앉아 졸고 있을 때 간호사는 시간 되었다고, 기저귀를 침대 위에 툭 던진다.

나는 한참을 생각한다. 아기 때 기억을…… 기억이 없어 간호사에게 부탁했다. "3살 먹은 어린애도 하는 것을 나이가 몇 살인데, 그것도 못 하느냐" 짜증을 내면서 간호사는 아기 때 기억을 되살려 준다.

그때 기억으로 기저귀를 채운다. 그곳도 많이 늙었다. 한때는 줄줄이 생산했던 것이 힘이 없다 숲이 무너지고, 30대 후반에 멈추어서 구순까지 돌리지 못한 '공장'

어머니가 그 공장 문을 닫은 지가 아마도 60년 가까이 되었다. 일반 공장도 60년을 돌리지 않는다면 녹이 슬 정도가 아니라 부식되어서 보지도 못할 것이다. 하지만 어머니는 보이기는 보였다. 6남매를 생산한 공장치고는 형체는 있었다. 그래서 특별한 경우 아니고는 보지 못하는 것을 보았다. 어쩌면 형제들이 나란히 나온 것에 상상을 더하면 그곳은 우리 형제들의 고향이다. 일반적으로 고향은 태어나 자라온 지역을 말하는데, 어떻게 생각해보면 어디를 가도 부정할 수 없는 그곳이 형제들의 확실한 고향이다.

고향에 있으나 타향에 있으나 사람이 태어나서 죽는 것은 자연적인 순리이다. 살아도 건강하게 산다면 할 말이 없다. 그거야말로 인간이 사는 목적이고 보람일 것이다. 하지만 아파하면서, 고통을 참아가면서 사는 것은 차라리 죽는 것이 나은지도 모른다. 지금 어머니는 구순을 넘겼다. 나이를 보면 이 세상에서 살 만큼 살았다는 생각이 든다. 병원 응급실을 드나들면서 10년을 넘겨 고생하면서 목숨만 부지하고 있는 상태다. 속으로는 세상 희로애락은 있는지는 몰라도 겉으로 보기에는 아프다는 말 말고는 표현이 별로 없다.

필자의 생각을 남이 들으면 불효자식이라고 할지 모르지만, 속으로는 '어머니 이제 편히 가세요.' 고통스럽게 사시는 것보다 편히 주무시는 것이 좋을 것이라는 생각했다. 고통도 눈물도 없는 천국에 가서서 영원히 좋은 세상에 사는 것이 지금보다는 낫다는 생각에서다. 나 자신도 그렇게 된다면, 자식들에게 그런 말을 내 입으로 할 것으로 생각하고 있다. 응급실을 드나들고 수술을 하든지 하여 건강을 되찾는다면 그보다 좋은 것은 없을 것이다. 하지만 아무리 노력해도 신체적 한계에 와 있는 어머니는 그렇지 않다. 그래서 그런 생각을 해서 아주 못 된 자식이라고 해도 할 말 없다. 아무리 현대 의학이 발전해도, 노화를 방지하여 다시 건강을 찾는 것은 불가능하다는 의사의 소견을 들으면서 그런 생각을 했다.

솔직히 말해서 늙으면 죽는 것이 당연하다. 이 순리를 어기려고 중국의 진나라 시황제는 장생 불로초를 구하려고 온갖 노력을 했다. 백과사전에 의하면, "삼신산三神山이라는 곳은 전하는 말에 의하면 발해 한가운데 있는데 속세로부터 그리 멀지 않다. 금방 다다랐다 생각하면 배가 바람에 불려 가버린다. 언젠가 가본 사람이 있었다. 신선들과 불사약이 모두 그곳에 있고, 모든 사물과 짐승들이 다 희고 황금과 은으로 궁궐을 지었다고 한다. 도착하기 전에 멀리서 바라보면 마치 구름과 같은데, 막상 도착해보면 삼신산은 물 아래에 있다. 배를 대려 하면 바람이 끌어가 버려 끝내 아무도 도달할 수 없었다 한다."고 했다. 보듯이 아무리 천하를 통일하고 권력이 하늘을 능가할지라도, 신이 아니고 인간이기 때문에 죽는다는 명제는 어기지 못한다. 그런 약이나 장소가 있다는 것은, 사전 내용에서도 말하듯이 결국에 그런 것은 꿈이지 현실이 되지 못한다는 것이다.

그렇게 노력해도 진시황제는 결국에 자기 명대로 살지 못했다는 느낌이 들었다. 진시황제가 50에 죽었다는 것은 그때의 나이로 보아도 그렇게 죽지 않으려고 노력한 것에 비하면 오래 살지는 못한 것 같다. 필자의 생각에는 오히려 자연의 순리를 따르지 않으려고 노력을 한 것이 반작용으로 일찍 죽지 않았나 하는 생각이 든다. 삶에 대한 욕심을 내지 않고 자연의 순리에 적응했더라면 좀 더 오래 살지 않았을까 라고도 생각해본다. 천하를 가지고도 더 욕심을 부리다가 허무하게 죽었고, 후사도 제대로 전달되지 못해 결국 진나라는 얼마 못 가서 망한 것을 보면 욕심대로 안 되는 것이 인간이다.

어머니는 진시황제처럼 더 오래 살려는 욕심은 없어 보인다. 속은 모르지만, 겉으로는 생명 연장에 대한 욕심보다는 현실에 충실하려는 것 같다. 산목숨에 배가 고프면 밥은 먹고, 자고 싶으면 자고 하는 것이 어머니의 일상이다. 최소한 살아 있는 한 생활하려는 의지는 보인다. 그 의지에서 어쩌면 어머니가 살아 있는 것인지도 모른다. 또한 살아 있으니까 꿈틀거리고, 꿈틀거리니까 살아 있는 것이다.

화장실

휠체어에 어머니 태우고 병원 갔다.

소변검사 해야 한다고
소변 받아 오라 한다.
나는 여자 화장실에 가야 하는지
남자 화장실에 가야 하는지 망설였다.

어느 날 서울서 심야버스 타고 오다가
잠시 쉬는 휴게소에서
잠결에, 모르고 여자 화장실에 들어갔다.
볼일 보고 나오는데
어떤 여자가 나를 변태라고
경찰에 신고했다.

그때는 내가 바지 내렸지만

지금은 여자가 바지를 내려야
한다는 생각에서
여자 화장실에서 오줌을 받는데
여기 여자도
들어오다가 깜짝 놀라 밖을 나간다

어머니 오줌발이 약하다.
6남매 만든 '기계'가 녹이 많이 슬었다.

기계라는 것은 기름칠하고 돌려야 그 기능을 유지한다. 만약에 진짜 어머니의 것이 기계였더라면 녹이 슬어 보지도 못했을 것이다. 하지만 기계에 비유는 했지만, 사람의 육체의 부분이기 때문에 살아 있는 한 녹슬지 않는다. 그러나 그곳도 늙은 것은 사실이다. 우리가 나올 때 기억은 못 하지만 상상은 할 수 있다. 그때는 공장 기계로 비유하면 한창 시절이었을 것이다. 닭이 계란을 낳듯이 툭툭 잘 떨어뜨렸을 것을 생각하면 젊은 청춘의 그림자가 보였다. 고생할 것을 뻔히 알면서도, 어쩔 수 없는 생리현상에서 우리들이 생겨서 낳았을 것이라는 생각도 해본다.

요즘 젊은이들은 미리 계산하고 아이를 출산한다. 아이 교육비가 얼마나 드는지 계산하고, 어떤 사람은 사주를 맞추어

날짜까지 조정하면서, 성별까지 알고 출산한다. 출산하는 장소는 성별을 구분하지 않지만, 자라면 성별에 따라 구분을 하는 곳은 화장실이나 목욕탕이다.

성별에 대하여 사전에 의하면, "생물학적인 성에 대비되는 사회적인 성을 이르는 말" 젠더에서 남녀의 성이란 구별화 되어있다. 신체적 구조도 다르고 목소리도 다르고 개인의 차이는 있지만, 행동도 다르다. 그래서 화장실도 따로 되어있고 목욕탕도 따로 분리되어 있다. 남자가 만약에 여자목욕탕에 들어갔다고 생각해보자. 아무리 남녀평등이란 말을 하지만, 이런 곳에서는 평등하지 않은 것이 현실이다. 만약에 평등하면 목욕탕과 화장실도 같이 사용하면 될 것인데, 차별화된 몸을 가지고 있기 때문에 그렇게 분리해서 공간을 사용하는 것이다.

이 분리공간은 현대의 화장실이나 목욕탕에만 있었던 것이 아니다. 조선시대에는 주거 공간도 남녀가 분리되어 있었다. 여성은 안방에 남자는 사랑채에 주로 기거를 했다. 일반인들 뿐만 아니라 궁중에서도 그랬다. 지금처럼 부부면 같은 방을 쓰는 것이 아니라, 각자의 방을 분리해서 사용하였다. 방만 분리 사용한 것이 아니라 하는 일도 각자 분리해서 했다. 가부장 제도화에 여성은 주로 아이를 낳고 집안일만 하고, 남자는 바깥일만 하는 것이 일반화되어 있었다.

그러니까 요즘의 화장실이나 목욕탕같이 젠더의 관계에 따라 사용하는 공간 분리가 되었다는 것이다. 여자만 출입하는 곳에 남자가 들어가지 못한다. 여자 화장실이나 목욕탕에 남자가 들어가는 것이 옛날에는 처벌 근거가 없었는지 모르지만, 지금은 법적으로 처벌 대상이 된다. 필자도 서울에서 심야 버스 타고 오다가 잠결에 무심코 여자 화장실에 들어가 곤욕을 치른 경험이 있다.

그리고 과거는 젠더의 신체 분리로 사용하는 공간을 제외하고도, 인권이나 사회적으로 특별히 차별화가 심했다.

지금은 인권이나 사회적으로 남녀가 평등해야 한다고 여성들이 과감하게 주장하고 있다. 젠더의 신체로 인하여 어쩔 수 없는 공간을 제외하고, 세계적인 추세로 정치 사회적 여성운동으로까지 벌이고 있는 것이 현실이다.

정치 사회적으로 여성의 인권이 많이 개선된 지금도 남녀차별이 존재하고 있다. 그리고 어머니 세대에는 가부장제도로 남녀차별이 심했던 시대에서, 아버지의 권위에 도전하지 못했다. 생산성이 없는 아버지였지만, 하인처럼 순종하면서 사실상 어머니는 안팎으로 모든 일을 했다. 게다가 아버지에게 제대로 대우를 받지도 못하고 지금까지 고생만 해왔다. "고생 끝에 낙이 온다."는 옛말도 틀렸다. 어머니는 고생 끝에 병만 얻어 더욱 고생만 하고 있다. 그래서 어머니는 낙이 아픔이며 고통이 일상인 셈이다.

　어머니는 누이동생과 함께 생활하지만, 그 외 약이라든가 병원은 내가 담당하고 있다. 그래서 가까운 병원에는 휠체어로 어머니를 모시고 가곤 하였다. 다른 것은 몰라도 화장실 가는 것은 불편하다. 그래서 사정에 따라 남녀 공용화장실이 하나 더 있었으면 한다.

종합병원

어머니는 아버지가 젊어서 다 아프지 못해 죽어서 그런지, 아니면 자식들의 아픈 것까지 다 모아서 아프려고 그런 건지, 아픈 것이 살아 있는 목적이다.

어쩌면 살아 있으니까 아프고, 아프니까 살아 있는 것이다. 아프기 위해 살아 있는 어머니는 매일 진통제 주사와 몸을 섞으며, 약만 먹어도 배가 부를 것 같다. 젊을 때 고생주머니가 약 주머니로 전이된 것이다. 약 들어갈 주머니 하나 더 달고 있는 것이 어머니다.

아프리카 현실을 방영하는 TV 어느 프로그램에서 남편은 병이 들어 일도 못 하고, 여럿 있는 아이들의 어머니가 생계를 위해 죽도록 일만 하는 보았다. 움막 같은 집에 살면서 나무도 해오고 멀리서 물도 길어오고 하는 것을, 병든 남편은 생산 활동을 못 하는 가운데, 오직 어머니라는 이름으로 아이들과 남편을 먹여 살리기 위해 맨발로 다녀 발이 붓어 터진 것을 보았다. 아이들은 영양실조로 야위어 가고 남편은 치료비가 없어 병원도 못 가는 신세를 보면서, 우리 가족도 어린 시절 그와 같은 비슷한 기억이 떠올랐다.

내가 어릴 때 아버지 대신 산에서 어머니가 황소같이 나무를 해오는 것을 보았다. 나는 울며 따라다니면서 업어 달라고 떼를 쓴 기억이 난다. 지금 생각하면 어머니가 아니라 어느 집 머슴처럼 일했다는 생각이 든다. 아프리카 어머니처럼 대책 없이 생리현상으로 우리들을 낳았지만, 지금처럼 아이들 교육 같은 것은 생각할 여유도 없이 어떻게 하면 새끼들을 아프리카 아이들처럼, 생명을 보존할까 하는 염려뿐이었을 것이다.

생명을 보존하기 위해서는 기본적으로 먹어야 사는 것이고, 살아야 경제활동도 하는 것이다. 어떤 사람은 경제활동을 못 해 생계를 유지 못 하고 스스로 죽는 사람도 있다. 혼자 죽는 고독사뿐만 아니라, 가족이 동반 자살을 하는 뉴스도 들었다. 가장의 처지에서 생계가 얼마나 캄캄했으면 자식들까지 죽임을 당하는 안타까운 생각도 들었다.
이것은 어떻게 보면 삶보다 죽음이 아주 쉬운 선택이기 때문이다. 순간의 선택에서 모든 고통의 생활이 해결되는 것이다. 이렇게 쉬운 선택을 하지 못하고 어려운 환경에서 살아

간다는 것은 죽음보다 몇 배 어려운 것이다. 쉬운 순간의 선택에 접근하지 못하고 사는 사람들은 어떻게 보면 어리석은 사람들일지도 모른다. 어차피 사람은 죽게 된다. 죽을 수밖에 없는 현실에서 조금 빨리 죽느냐 더 살다가 죽느냐의 차이지, 죽는다는 명제는 다 같다.

지금 어머니는 젊어서 고생을 많이 해서 지금은 약 들어갈 위장을 하나 더 달고 사는 셈이다. 약주머니를 가지고 고생하는 것을 보면, 어서 어머니가 약주머니를 빨리 처분했으면 하는 생각이다.

우리 형제 6남매는 아프리카와 닮아있었다

아프리카

인류 어머니 대륙에서

호모 사피엔스 미라들이 살아있습니다.

TV마다 생중계되는 발굴 현장은

살아도 산 것 같지 않은

좀비 아이들,

연명하는 사막에서

엄마 젖 대신 엄마의 눈물을 받아먹어야 하는

그 눈물마저 모래바람이 먼저 입술을 닦고

사는 것이 죽는 것보다 못한 생명,

수십만 년 동안

사막에 묻혀 있던

미라 같은 생명의 허기는

사막처럼 끝이 안 보입니다.

유니세프 광고를 보면서 아프리카 아이들이 지구인지 외계 인지 의심이 갈 정도였다.

'호모 사피엔스'의 중심지와 현생인류의 기원지로 아프리카 라고 한다. 아주 먼 옛날로 돌아가면 우리의 조상도 이들의 후 손일지도 모른다. 좀 더 비약적으로 생각하면 우리 조상이 후 손이면, 우리 형제도 그의 후손일지도 모른다는 생각을 한다.

우리나라도 6·25전쟁 후 베이비붐이 일어났었다. 젊은 사 람들이 전쟁에 나가 많이 죽었다. 그래서 생산에 필요한 노동 력이 부족한 시기였다. 그래서 필요한 노동력으로 사람을 생 산의 도구로 생각했다. 그리고 그때는 아이를 생산만 하면 제 가 먹을 것을 제가 가지고 태어난다는 인식도 강했다. 지금은 아이들 교육비 때문에 아이를 낳지 않은 경우가 많지만, 그때 는 교육보다는 생산의 가치에 의미를 두었다. 어느 정도 키워 놓으면 부려먹을 생각부터 하고 아이를 생산했다.

우리가 자랄 때만 하더라도 부모에게 들은 이야기가 있다. "저것들이 얼마만 더 크면 일을 할 것인데," 하는 소리를, 빨 리 자라지 못해 안타까워하는 것을 보았다. 어린아이가 어서

커서 어른이 되었으면 하는 마음처럼, 우리 집 부모도 자식들이 빨리 자라서 일을 하기 바랐다. 그래서 필자는 8살부터 지게를 지고 산에서 나무를 해왔다. 어떻게 보면 그때 우리 집이 지금 TV에서 보는 아프리카 아이들이나 다름없었다.

지금의 아프리카 아이들은 한창 학교에 갈 나이에도 노동 현장에서 노예처럼 일하는 것을 보았다. 위생은 물론 제대로 먹지도 못하고 열악한 환경 속에서 일하는 것을 보았다. 필자가 자라온 환경은 그 정도는 아니었지만, 어떻게 보면 그때 우리나라 환경도 미국에서 구호품을 받던 시대이고, 우리 집도 가난하여 학교도 제대로 못 가던 것을 생각하면, 지금의 아프리카나 비슷하다는 생각이 들었다.

국제기구에서 아프리카 아이들에게 도움을 주고는 있지만, 근본적인 해결책이 되지 않고 있다. 부모들이 그렇게 아이들을 굶기고 키울 자신이 없으면 낳지 않았으면 되었을 것인데, TV를 보면서 그런 생각 했다.

우리 집도 아버지는 일찍 세상을 떠나고, 어머니와 어린 우리들만 남았을 때, 제대로 키우지 못할 바에는 6남매라는 자식을 왜 낳았는지도 원망을 했다. 지금 같으면 초등학교 갈 나이에 남의 집 머슴살이부터 신문팔이, 아이스께끼 장사까지, 심지어 밥이 없어 굶기까지 했던 것을 생각하면, 지금의 아프리카 아이들과 같이 아주 빈곤하여 죽음 직전의 환경은 아니지만, 분명히 공통점이 있었다.

그때 우리나라도 외국에 의존하지 않으면 안 되는, 지금의 아프리카처럼 우리나라도 그런 환경에 있었다. 6·25전쟁 후유증으로 전쟁고아들이 거리에서 초콜릿 같은 것을 하나 얻으려고 미군들을 따라다니던 장면을 떠올려 보면, 지금의 아프리카나 우리나라도 별반 다르지 않았다.

하지만 우리나라는 한강의 기적이라는 경제정책이 성공했다. 그리하여 지금은 세계에서 잘 사는 나라에 속해 있다. 하지만 아프리카는 우리나라처럼 잘 살려고 하는 정부 정책의 노력도 없어 보인다. 그래서 아프리카는 아이들이 굶고 하는 허기가 사막처럼 끝이 보이지 않는 것 같다.

지금은 우리 집 형제 6남매는 그때처럼 허기에 시달리지는 않는다. 자랄 때는 우리나라도 가난하였고 우리 집도 가난하였으나, 지금은 잘 사는 나라 안에 있으니 공짜로 밥은 굶지 않고 있다.

어느 봄날의 일기, 2021년

1. 춘정

우리 집 앞 벚꽃이 만발했다. 꽃을 보니 내 마음이 봄에 낙서로 환칠하는 것 같다. 나이가 60대 후반인데도 춘정의 감정이 나비처럼 날아 붙어 떨어지지 않는다. 오늘 일기 예보는 오후에 비가 온다고 했다. 비가 오기 전이라서 그런지 마음이 바탕체로 중심을 잡지 못하고, 장미의 궁서체로 엽서를 쓰고 싶다.

내 마음속은 이미 엽서에 글자를 흘리고 있다. 맑은 고딕도 아니고, 굴림체도 아니고, 돋움체도 아니다.

비가 오려면 일필일지로 쏟아붓든지, 아니면 봄볕이 쏟아붓는 봄날이 되던지, 우중충한 날씨와 내 마음이 동병상련하고 있다.

나는 점심을 겨우 때우고 고독한 마음으로 무작정 길을 나섰다. 진주 시내를 채 벗어나지 못해 봄비치고는 제법 내렸다.

지리산 쪽으로 가다가 보니 덕산이 보인다. 오른편은 대원사 쪽이다. 나는 왼쪽으로 핸들을 돌렸다. 가다가 휴게소 같은 곳이 있어 차를 세우고 담배를 한 대 물었다. 벚나무 아래 바닥을 보니 꽃잎 떨어진 것이 비단잉어 등짝 같다. 봄비가 토닥토닥 지느러미를 치는 것처럼 보인다.* 비가 오지 않았으면 꽃비가 되어 화사하게 바람에 휘날릴 것인데, 비에 젖어 있는 꽃잎들이 나를 닮은 듯 고독해 보였다.

지금 물웅덩이에 쌓여 있는 벚꽃잎도 나의 마음을 표현하는 것 같다. 대부분의 사람은 화사하게 핀 벚꽃을 보면서 근심 걱정은 생각하지 않고 그저 좋아만 한다. 나도 외부적으로 가정이 화사하게 핀 벚꽃처럼 사람들은 생각한다. 친구들은 세상에서 너만큼 걱정 없는 사람이 어디 있겠냐고, 하지만 개인적으로는 그렇지 않은 고독한 부분이 있다.

나도 결혼을 했고, 지금 아들은 약국을 운영하고 있다. 나의 처음 결혼 생활은 일반적인 부부로 살았다. 도시에서 시집온 아내는 피곤한 농촌 일도 마다하지 않고, 고생을 하면서도 불평이 없었다. 하지만 결혼 생활이 삐걱거리기 시작한 것은 아내의 정신적인 질병이 노출되면서 시작되었다. 보통의 질병은 자각 증세가 있어서 어디가 아픈지 본인이 알지만, 정신병은 자각 증세가 없는 것이 나는 더 답답했다.

병원에 가자고 하면 "내가 왜 병원에가"하면서 절대적으로 거부했다. 할 수 없이 내가 아프다는 핑계로 병원에 같이 가자고 하여, 의사의 소견을 들을 수 있었다. 흔히 정신병 하면 조울증, 우울증 같은 우리가 들어 쉽게 들을 수 있는 병이다. 하지만 그때 들은 것은 나는 기억하지 못한다. 보통 사람이 쉽게 이해가 안 되는 용어로 의사는 말했다. 그 당시에 심각한 수준이라는 말만 기억이 나고 약으로 해결할 수가 없다고 했다.

그 병은 주로 변절기에 증상이 나타났다. 대체로 어릴 때 기억을 더듬는 것 같았다. 하루는 아들이 세 살 정도 되었을 때 밤이었다. 아내는 어디 간다는 말도 없이 아이와 없어졌다. 나는 온 동네를 찾아보았지만, 동네에서는 보이지 않았다. 왠지 불안한 생각이 머리를 스쳤다. 그래서 그 전날 한 말이 생각났다. 하동 평사리에 가야 한다는 말을 한 것이었다. 나는 오토바이를 타고 그 방향의 도로로 달려갔다. 아니나 다를까 우리 집에서 2Km가량 떨어진 마을 앞에서 아이를 띠도 없이 맨 등에 업고 걸어가고 있었다. 나는 어디 가냐고 물었더니 하동 평사리를 간다고 했다. 진주에서 하동을 가려면 자동차로 가도 1시간이 너머 걸리는 길을 맨 등에 아이를 업고 걸어가는 것을 보았을 때 기가 막혔다. 그것도 밤중에.

나는 지금 하동 평사리로 가는 것이 아니라, 고독한 마음으로 내대 양수댐으로 가고 있다. 가로수 벚꽃이 만개했다. 꽃잎이 빗속을 뚫고 날아와 차 유리에 달라붙는다. 자동차 와이퍼가 열심히 나의 눈을 닦아준다. 호우주의보가 내려져 있다. 차 창 밖으로 빗물이 한정 없이 흘러내린다.

그때 나의 눈에도 호우주의보가 내렸다. 자동차 와이퍼처럼 소매로 눈물을 닦았다. 아내 행동을 보면서 어이가 없어 울다가 웃다가 했다. 보통 질병은 아픈 곳에 수술하면 되는데 정신은 수술도 안 된다. 나는 처음 몇 년간은 아내의 병 치료를 위해 기도원에도 보내고, 어떤 때에는 본정신이 아닌 상태에서 밤중에라도 어디 가고 싶다면 같이 가곤 했다. 가서 어떤 때에는 어이가 없는 행동을 보면 기가 막혔다. 나는 그때 아내를 둘이나 가진 것처럼 행복한 사람이라고 느껴졌다. 하나는 본정신의 여자요, 하나는 현실에 존재하지 않은 이상한 나라의 앨리스에서 하트 여왕처럼 아무에게나 사형을 지시하는 사람 같았다.

2. 전력홍보관 주차장에서 – 인간 본능에 관한 생각

산청 양수발전소 전력홍보관 주차장에 들어갈 수가 없어 주위에 차를 세웠다. 코로나-19로 인해 주차장은 텅 비어 있다. 홍보관도 고독하게 혼자 자가 격리 상태로 보인다.

나의 생활도 자동 자가 격리 상태다. 죽으나 사나 글 쓴다는 핑계로 집에만 있다. 친구 하나 없이 고립되어 지루하게 생활하고 있다. 하지만, 과거에는 남자들끼리 노는 고스톱판에 자주 갔다. 그때는 다방이 있어서 커피를 자주 시켜 먹었다. 배달 온 아가씨들의 야한 냄새를 맡고 남자들은 죽고 못 살았다. 무릎에 앉혀 주물럭거리며 "오늘 밤 되냐, 안 되냐" 하는 이야기를 들었다. 어떤 친구는 "너희들끼리 가서 작업해라" 하는 친구가 있는 반면에, 옆에 남자들은 너도나도 동네북처럼 그것을 만지는 것도 보았다. 아무리 그것이 인간적 본능이라 하지만, 좀 심하다는 생각을 나는 했다. 지금 같으면 바로 철창 신세가 될 것인데 그때는 그랬다.

하지만, 한편으로는 그것을 그렇게 나쁘게만 생각할 수는 없다는 생각도 든다. 그것이 인간의 원초적 본능이다. 우리나라 최초의 국문 소설을 쓴 허균의 행동을 보면, "부모 상중인데도 기생을 끼고 놀아났다는 둥 비난을 받고 벼슬자리에서 밀려났다."는 이야기가 있다. 허균의 사상은 하고 싶은 것은 기존 예의나 체면치레로 하지 않았다. 현대식으로 말하면 고스톱판 친구들과 같이 누구의 눈치도 안 보고 여자와 하고 싶으면 즉석에서 마음이 가는 대로 표현하는 사람이었다.

그리고 허균의 집안 내력을 보면 그의 누이도 그랬다. 철저

한 남존여비의 사회에서 부덕이 높은 현모양처를 여성의 모범
으로 꼽기도 했던 시기였다. 그런 것을 과감히 벗어던지고 했
던 것이, 지금의 한류가 세계적으로 유명한 것이 허난설헌에
서부터 시작되었다는 이야기가 있다. 어느 책의 머리에 "한류
는 수백 년 전 이미 시작되었다? 조선 중기, 여성이 억압받던
시절, 여성으로는 유일하게 한 · 중 · 일을 아우르는 베스트셀
러 작가로 유명했고, 사후에도 수백 년 동안 중국 문인들 사이
에 이름이 오르내릴 만큼 인기 있었던 스타는 누구일까? 바로
허난설헌이다."라는 것을 보았다.

3. 홍보관에서 발이 묶이다. - 성적 본능과 졸혼

일기예보에 맞게 빗줄기가 강해진다. 양수발전소 홍보관에
서 강한 비로 차에 가지 못하고 저당 잡힌 기분으로 생각에 잠
긴다.

대부분 동물들은 시기에 맞추어 교미를 하는데 비해, 사람
은 시도 때도 없이 그것을 하는 것으로 생물 과목에서 배웠다.
동물은 환경적 요인과 함께 신체적으로 외부에 노출이 되지
만, 사람은 외부 노출이 없기 때문에 그렇다는 이야기를 들
었다.

나도 동물에 속한 인간이기 때문에 그런 생리현상을 부인할
수는 없다. 아내와 별거한 지가 벌써 10년이 넘었다. 하지만,
동물적 감각으로 그것을 하려고 하지 않는다. 내가 지금 사는

바로 뒷집에 나처럼 여자가 혼자 살고 있다. 비슷한 나이에 외모를 보아도 나에게는 손색이 없는 여자다. 어쩌면 담장도 없이 서로 왕래할 수 있는 환경이다. 하지만 나는 한 번도 그런 생각을 해본 적이 없다.

지금 서울과 부산시장의 보궐선거가 한창이다. 원인은 원시적인 동물적 충동을 자제하지 못하여 일어난 사건이다. 그 중심에는 '성적 본능'을 마인드 컨트롤하지 못한 결과물이다. 우리나라 수도와 제2의 도시가 선거로 시끄럽다. 신중히 생각하여 '절제'를 했다면 일어나지 않을 사건에 온 나라를 시끄럽게 했고, 또 시끄럽게 하고 있다.

빗줄기가 더 강해지면서 바람이 빗금을 치고 있다. 지금 나는 코로나로 자가 격리가 아닌 빗줄기에 자가 격리된 것처럼 살짝 걱정된다. 심한 비바람이 치고 있으니 차가 있는 곳까지는 거리가 약간 있어서 비가 잦아지기를 기다리면서 아내 생각을 한다.

아내의 병을 고치기 위해 처음 몇 년은 나름대로 노력을 했다. 하지만 '긴 병에 효자 없다.'는 말 같이 해마다 반복되는 것에서 정이 떨어지기 시작했다. 정 없이 부부관계를 한다는 것은 위선이라고 생각했다. 나만의 욕구를 채우기 위해 마음에도 없는 사람에게는 하기가 싫었다. 나는 여느 친구들처럼 단지 동물적 감각으로 그것을 해결하지 않는다.

요즘 신조어로 '졸혼'이라는 말을 들었다. 나이가 들어 이혼한다면 주변에 모양새도 좋지 않다. 자녀들 보기에도, 어린 손자들에게도 좋지 않은 인상을 줄 것이다. 그래서 형식적으로는 부부이지만, 자유롭게 각자 따로 살림하는 것이 유행이라고 한다. 그것이 오히려 여자는 편할 것이다. 평생 남편의 빨래나 밥을 챙겨주는 뒷바라지를 안 해도 된다. 반면에 남자는 여자보다 살림하는데 불편한 점이 많을 것이다. 나 역시도 그렇다.

4. 지리산 상부 댐 주차장에서 – 시 오렌지

비가 잦아들자 나는 홍보관 주차장을 빠져나온다. 좌회전하여 지리산 상부 댐으로 핸들을 돌렸다. 오르막길에서 가속 페달을 밟아 지리산 터널로 접어들었다. 우리나라 남한 육지에서 제일 큰 산 지리산을 관통한 것이라, 산양 내장보다 길었다. 터널을 빠져나오니 개미굴을 벗어난 기분으로 앞이 활짝 열린다. 비는 계속 내리고 있다. 여기에서 우회전하면 지리산 청학동과 삼성궁이 나온다. 나는 좌측으로 핸들을 돌렸다. 지리산 상부댐으로 가는 가파른 오르막길을 올랐다. 그야말로 첩첩산중에 이런 도로가 있다는 것이 신기할 정도다. 전후좌

우로 문명이 없는 원시림의 느낌이 든다. 그러나 가풀막을 오르는 것은 문명의 힘으로 가속 페달에 힘만 약간 주면 쉽게 올라간다.

꼭대기 내리막길에서 댐을 바라보니 눈알이 확 뒤집힌다. 평소에도 나는 가끔 고독한 마음이 생기면 이곳에 오는데, 비가 오는 날은 처음이다. 전에 보지 못했던 또 다른 호수가 되어있다. 유럽이나 페루 해발고도의 산정호수도 이처럼 아름다울까? 물안개가 피어올라 오는 것이 선녀의 날개 같다. 바람을 붙잡고 늘어 찢어진 선녀의 날개가 산 중턱에 드문드문 걸려있다. 지금 여기의 경치는 세계 어느 곳에서도 볼 수 없는 곳이다. 이 높은 산중에 문명이 만든 호수를 바라보니 인간도 아름다운 자연의 일부라는 생각이 든다.

내리막길 가풀막을 내려와 돼지내장처럼 구부정한 호수 길을 돌아서 주차장에 차를 세운다. 여기 주차장도 비가 와서 그런지, 고독하게 비어 있다.

나는 차 안에서 엉뚱하게 고등학교 공부할 때 어느 시인의 시를 떠 올려본다. "오렌지에 아무도 손을 댈 순 없다. / 오렌지는 여기 있는 이대로의 오렌지다. / 더도 덜도 아닌 오렌지다. / 내가 보는 오렌지가 나를 보고 있다. // 마음만 낸다면 나도 / 오렌지의 포들한 껍질을 벗길 수 있다. / 마땅히 그런 오렌지 / 만이 문제가 된다. // 마음만 낸다면 나도 / 오렌지의 참잘한 속살을 깔 수 있다. ―하략"

나는 학교 교실에서가 아닌 주로 인터넷으로 강의를 들었기 때문에 반복해서 들을 수 있었다. 그런 관계로 그때 강의하던 선생님 얼굴도 나의 머릿속에 뚜렷이 남아있다. 어떤 사랑이 있다면, 오렌지로 생각하고 진정으로 사랑한다면 손을 대는 순간 오렌지가 아니라는 그때 선생님의 목소리가 생생하다.

그러나 현실은 그렇지 않다. 사람들은 먹음직한 오렌지를 보고만 있지 않다. 어떻게 보면 오렌지를 까서 먹을 때 사람들은 진정한 오렌지로 생각한다. 먹지 않고 보고만 있는 것은 오렌지가 아니라 관상감이다. 하지만 먹어도 되는 오렌지가 있고 먹어서는 안 되는 오렌지가 있다. 상점에 진열된 오렌지를 값도 지불하지 않고 그냥 집어 먹으면 도둑놈이 된다. 철장 신세가 된다.

5. 산정호수 물안개 – 서울, 부산 보궐선거, 사랑과 죽음

물안개가 위에서 보는 것과 또 다른 느낌이다. 비가 오고 바람이 심하게 불고 있다. 핸드폰으로 동영상으로 찍으려고 하다가 우산이 바람에 날아가 실패했다. 너무나 놓치기 아름다운 장면이라 혼자 보기 아까웠다. 이 높은 산정호수에 개미 한 마리 안 보이는 곳에 혼자서 고독을 달래기에는 이보다 더 조건이 없다 싶다. 나는 이곳을 그냥 두고 가기에는 너무나 아까워, 차창 밖에 내리는 비가 마음속을 파고드는 것처럼 찹찹한 심정으로 생각한다.

지금 서울과 부산시장의 보궐선거가 한창이다. 때아닌 선거의 원인을 생각해보면 손대지 말아야 할 '오렌지'를 손댔기 때문이다. 인간 본성의 욕구를 절제하지 못하고 손대지 말아야 할 것에 손을 댔기에, 문제를 일으킨 본인은 물론이요, 가정과 주변에 심각한 영향을 끼친다. 가정뿐만 아니라 나라의 국제적 망신이다. 전 서울시장 같은 경우에는 목숨과 바꿀 만큼 그것이 그렇게 중요했던가? 하는 의문이 든다. 젊은 청춘이라면 이해를 할 수도 있다.

그리고 전 서울시장도 나와 연배가 거의 같으며 나는 손주도 있고 전 시장도 그럴 것이다. 일반인들도 그렇게 하면 안 되는 것을, 특히 그는 미투 변호도 했고 정치적 공인으로서 최상위권에 있는 사람이다. 연령대를 보아도 딸과 같은 비서에게 그런 '생각'자체가 '문제'이며, 문제의 생각이 있더라도 '절제'를 해야 했던 것이었다. "오렌지에 아무도 손을 댈 순 없다."라는 것처럼 그런 오렌지로 보고 그냥 두었더라면, 그가 평생 쌓아 올린 명예와 권세가 일순간에 땅에 떨어지는 일은, 냄새나는 하수구로 추락하는 비극은 없었을 것이다.

차창 밖을 보니 비가 그치기 시작했다. 비가 그치자 호수의 물안개가 큰 가마솥에 김처럼 무럭무럭 올라온다. 물안개가 바람에 휘둘리는 것이 속이 훤히 비치는 여인의 하얀 비단 속 치마가 춤을 추는 것 같다. 아롱거리는 것이 꿈인지 생시인지 모를 광경을 목격한다. 나의 황홀한 눈빛이 물안개 위에 얹어 여행을 떠나는 것 같다. 생각은 호수 위로 여인의 치맛자락을 잡고 떠다니는 꿈을 꾸는 기분이다.

나는 그렇게 황홀한 사랑을 생각한다. 영국의 왕 에드워드 8세는 황홀한 여인의 치맛자락을 벗어나지 못해 왕의 자리까지 버린 남자다. 에드워드는 정당한 결혼 생활을 위해 '권위'고 '명예'도 모든 것을 내려놓고 한 여인과 결합했다.

그리고 청춘남녀들이 사랑을 위해, 전 서울시장같이 목숨을 던지는 것이 아니라, 순수하게 목숨 던지는 경우가 있다. 당시 조선 최고 성악가 윤심덕은 애인인 극작가 김우진과 함께 관부연락선을 타고 귀국 도중 대한해협에 동반 자살했다. 실제에서뿐만 아니라 예술에서도 너무나 잘 아는 로미오와 줄리엣 같은 것도 있고, 오페라 같은 작품의 결말은 서로 사랑하지만, 현실의 벽을 넘지 못하고 마지막에는 대부분 동반 죽음을 선택한다. 요한 볼프강 폰 괴테의 『젊은 베르테르의 슬픔』에서는 그가 25살 때 실제로 이루진 못한 자신의 사랑 이야기를 토대로 쓴 자전적 소설에서도 결국 베르테르는 자살했고, 전 서울 시장도 자살했다. 그 두 죽음이라는 결과는 같지만, 보는 시선의 감정은 다르다.

6. 청학동에 가다. – 비 그친 호수의 광경

비는 그치고 먹구름 사이로 햇빛이 숨바꼭질하듯이 슬금슬금 기어 나오고 있다. 호수면에 비치는 햇살은 땅에는 없고 하늘에만 있는 색을 비추고 있다. 구름이 하늘에 먹칠을 한다. 호수가 바람에 순종한다. 수면에 가느다란 주름을 밀어낸다. 가끔 윤슬도 밀어내고 있다.

나는 고독한 무게로 차 가속 페달에 발을 얹는다. 차는 비에 흠뻑 맞아 겉옷을 세탁한 기분으로 호수 길로 슬금슬금 기어간다. 왔던 길을 되돌아간다. 오르막을 올라가는데 비를 잔뜩 먹은 아스팔트가 하늘의 구름과 닮았다. 진달래꽃은 봄과 연애 작업 중이다. 아직 피지 못한 나뭇가지에는 윤슬 같은 구슬이 대롱대롱 달려 있다. 산새가 앉았다가 날아가는 자리에서 구슬이 주르르 떨어진다. 나는 운전대를 꼭 잡고 있다. 오르막을 올라 내리막길로 들었다. 조금 가다가 우회전하여 청학동으로 들어간다.

청학동 주차장에 차를 세우고 곧장 천제당으로 올라간다. 천제당에서 내려다보니 거울처럼 맑은 풍경이다. 타임머신을 타고 과거에 온 기분이다. 하지만 온전히 과거를 옮겨놓은 같지는 않다. 부분적으로 건물은 현대식이 보인다.

천제당에서 나는 서둘러 내려온다. 내려오는 길에 화장실에 들렸다 나오면서 담배를 한 대 피웠다. 머리에 상투를 한 사람을 보니 고개가 돌려진다. 왠지 내가 어른들 앞에서 담배를 피우는 것 같다. 나이는 들었어도 마음은 아이 같은 느낌이 든다.

나는 차에 시동을 걸고 서둘러 내려온다. 해가 저물기 시작한다. 묵계초등학교를 지나니 오른쪽에 호수가 보인다. 가로수 벚꽃은 만발했다. 차창 앞에 꽃가루가 흩날린다. 나의 고독한 마음도 따라 흩날린다.

계속 내려올수록 벚꽃 터널이 이어진다. 벚꽃 터널은 끝이 없으면 했다. 그러나 이내 터널은 사라지고 만다.

* "비단잉어 같은 대지, 봄비가 토닥토닥 지느러미를 치다."
  필자의 시 「4월」에서 변용

숲속의 생음악

　회남재※ 고갯마루에서 콘서트 하는 사람이 있다. 혼자 하는 콘서트라고 뒤에 플래카드를 붙이긴 했지만, 앙상블 같은 느낌의 흥으로 몸이 흔들려졌다. 흔들고 싶지 않아도 저절로 흔들려지는 음악에 섞어 늘었다. 외로운 길을 길 가다가 하늘에서 날아가던 비행기가 떨어지는 것이 아니라, 갑자기 하늘에서 냉장고 문이 열려 시원한 수박이 우박처럼 머리에 떨어진 기분이었다. 이런 해발고도가 높은 산중 고갯마루에서 콘서트의 현장을 만날 확률은 수학 공식에는 없을 것이다. 5월의 푸른 녹음이 관중이 되어 손을 흔들어 박자를 맞추어주는 콘서트 현장은 세상에서 여기뿐인가 싶었다.

　혼자 하는 콘서트라고 하지만, 전혀 혼자 하는 것 같지 않아 보였다. 입에는 색소폰, 손은 드럼을 치고, 보이지는 않지만, 발도 악기연주에 가담했을 것이다. 그러니까 몸 전체가 연주하는 기계라는 생각이 들었다. 내가 보기에는 어느 현장을 가더라도 손색이 없는 노련하고 세련된 연주 솜씨였다.

필자는 기회가 있어 여의도 KBS홀에서 하는 '열린 음악회' 생방송 현장을 관람한 적이 있다. 전 국민이 시청하는 '국민의 방송'에서 하는 현장이었지만, 여기 현장과는 달랐다. TV방송에 포커스를 맞추어서 하는 카메라 조명에 눈이 부셔 무대를 제대로 볼 수가 없었다. 어쩌다 고정된 조명에는 먼지가 무대 가수들과 함께 뛰어놀았다. 제일 뒷좌석에 앉아서 그런지는 몰라도 왔다 갔다 하는 특수조명에서 무대 가수들 얼굴에 시선이 고정되지 않았다. 실내라서 그런지 음악 소리는 고막을 뚫고 나갈 정도로 데시벨이 높았다.

하지만 고갯마루 이 현장은 아무리 데시벨을 높여도 부딪히는 데가 없었다. 온 우주가 실내이니까 고막을 뚫는 일은 없었다. 그리고 신선한 공기의 천국처럼 생각되었다. 실내에서 하는 공기와는 성분이 달랐다. 녹음이 뱉어내는 향기에 머리통을 세수하는 것 같았다. 또한 음악 스피커에는 항상 에코가 음악의 하인처럼 따라다니는데, 인위적으로 하인을 만들지 않아도, 산골짝에서 메아리가 자연적으로 들렸다. 조명도 실내에서 억지로 만든 조명이 아니라 가공하지 않은 자연 상태로, 누구나 거부감이 없는 조명이 하늘에서 비추어 주었다. 관중으로, 우리는 연주 마치는 것을 보고 박수를 보내는데, 오월의 푸른 나무들도 함께 박수를 보내는 것 같았다.

우리 일행은 일가들로서 어떻게 모여 식당에서 점심을 먹고, 코로나로 답답한 코에 바람이나 불어 넣으려고 나들이 갔다. 일행 중에 사진작가가 있어 좋은 장면 하나 건지려고, 삵인지 범인지 모르고 길을 헤매다 보니 이 길을 찾았다고 했다. 일반 사람들은 아무도 모르게 숨겨놓은 길 같았다. 도대체 이런 곳에 이런 길이 있으리라고는 상상이 안 되는 길이었다. 묵계초등학교에서 고갯길을 넘어가는 길은 비포장으로 되어있었다. 하지만 고갯마루에서 평사리 쪽은 2차선 도로로 포장이 잘 되어있었다. 고개를 경계로 하여 한쪽은 아주 문명이 뒤떨어진 나라 같고 한쪽은 현대문명 그 자체였다. 하나의 행정구역이지만, 그렇게 차이가 나는 것에 의아해했다. 사람이나 길도 한 가지만 맨날 맛보면 싫증을 느낄까 봐 일부러 이렇게 했는지도 모르겠다는 생각이 들었다.

이런 곳에 숨겨놓은 길처럼, 숨겨놓은 애인 같은 상품이 있다면 써먹기 아주 좋은 장소라고 생각했다. 이 길을 버리기에는 너무나 아까워서 내 주변에 여기 크기에 맞는 제품이 있는지 머리를 흔들어 보았다. 하지만 현재로서는 보이지 않는다.

나는 생각은 있지만 애인이라는 상품을 만드는 기술이 아주 서툴다. 보통 사람들은 그 작업에 들어가면 쉽게 하는 것 같은데, 나는 서투른 정도가 아니라 아주 엉망으로 만들어 망쳐버렸다. 그래서 스스로 만들지 못하는 서러움을 가지고, 다른 방법으로 만들기로 했다. 현실에서 안 되는 것을 무엇이든지 가능한 장비를 사용하고자 마음먹었다.

[요즘 한창 광고 중인 '여보야'하는 곳에 전화했다. 전화 받는 아가씨 목소리가 아주 마음에 들었다. 마음 같아서는 바로 너라고 말하고 싶었지만, 공적으로 사무적인 일을 보는 아가씨한테는 실례다 싶어서, 전화한 사실을 말했다. 아가씨는 더 마음에 드는 목소리로 내 신분부터 확인하고, 구하시는 분이 자녀인지 손자인지를 묻는다.

본인이라고 하니 아가씨 대답은, 목소리로 보아하니 노후 차량 같은데, 어떻게 그런 아름다운 생각을 하셨는지 혀를 찬다(나는 혀를 잘라버리고 싶은 생각을 참아가면서). 비록 몸은 다소 늙었지만, 마음은 20대라는 것을 크게 강조했다. 그리고 그 부속도 사용을 많이 안 해서 3~40대에 머물러 있다고 더 큰소리로 하니, 아가씨는 성부터 낸다면서, 성이 나서 좋은 것은 그것뿐이라는 것을 강조하면서 자기한테는 성을 내면 안 된다고 했다.

그리고 아가씨가 거기에서는 새 제품만 취급하는 곳이라면서 중고품 센터로 전화를 돌려준다. 중고품 센터의 남자 목소리는 중고품처럼 들렸다. 남자는 주문 사이즈를 묻는다. 그래서 나는 생각했다. 너무 예쁘면 택배로 오다가 택배기사와 눈이 맞아 도망가는 것이 걱정되었다. 너무 예쁜 것은 조금 참고, 다소 예쁜 사이즈를 주문했다. 너무 예쁜 것은 가격도 비싸서 시詩를 팔아 사기에는 부담됐다.

그래서 요즘은 주문한 애인 상품이 오기만을 기다린다. 택배 트럭이 우리 집 앞을 지나만 가도 가슴이 두근거린다.]

그때 우리 일행은 차를 타고 가면서 음악을 틀면서 갔다. 우리도 나름대로 콘서트 같은 분위기를 만들었다. 김용임이 부르는 신나는 트로트 음악이었다. 그 가사 내용이 모두가 남녀의 사랑에 관한 노랫말이었다. 나는 노랫말을 들으면서 만약에 우리 생활에서, 사랑이라는 단어가 고무신 거꾸로 신은 애인처럼 도망을 간다면 어떻게 될까? 사랑도 여러 가지 있지만, 지금 음악에서 나오는 남녀 간의 사랑을, 그 사랑이 무엇이길래 '죽자 살자 매달리기'도 하고, 김용임이 하는 사랑은 서울에 있든지, 부산에 있든지 '무조건 10분 내로 오라'는 것이다. 10분 내로 오지 못하면 아마도 코피 터지게 얻어맞을 것 같은 감정을 쏟아붓는다. 그것을 생각하면서 나도 코피를 쏟았는데! 하는 생각도 했다.

우리는 지루한 일상생활에서 한번쯤은 일탈하고 싶은 마음이 누구나 있을 것이다. 아무리 처음에는 좋은 부부로 만났지만, 생활을 하다 보면 싸우기도 하고, 어떤 때에는 집을 나가서 자유로운 생활에 젖어보고도 싶을 것이다. 모두가 하고 싶은 것을 하고 사는 것보다, 하고 싶은 것을 못 하고 사는 날이 많을 것이다. 그 현실을 신고 있는 신발처럼 벗어 던지고 싶은 마음으로, 콘서트 같은 현장을 찾는 것일지도 모른다. 산골짝에서 혼자 하는 콘서트가 있는 반면에 전 국민이 보는 콘서트도 있다.

어쩌면 우리 모든 생활이 콘서트 현장일지도 모른다. 기쁨의 눈물도 콘서트 같고, 슬픔의 눈물도 콘서트 같고, 서울 KBS에서 하는 '열린 음악회'도 그렇고, 회남재에서 혼자 하는 콘서트도 그렇고, '울고불고'하는 사랑도 그렇고, 다 그렇고 그런 것이 우리 삶의 생음악이 아닌가 싶다.

* 하동 묵계초등학교에서 평사리로 넘어가는 고갯길.

전도

주변에서 잘 아는 친구가 메시지로 전도한다. 교회 나가라고, 지금은 교회에 안 나가지만, 필자도 청년 시절에는 교회에 빠진 적도 있다. 1974년 서울 여의도 광장에서 하는 세계복음 대회(엑스플로 74)에 참석하였고, 1980년에도 '80년 세계복음 대성회'도 참석할 정도로 열성적일 때도 있었다. 74년에는 광복절 경축행사에서 죽음을 맞이한 육영수 여사의 운구 행렬을 길에서 직접 보기도 했다.

주최 측의 발표에 의하면 74년 당시에 여의도 광장에 모인 사람들이 150만 명이 한곳에 모였다고 했다. 연단에서 연설하던 목사님이 했던 말이 기억난다. 8, 15 광복절 경축행사에서 불행하게도 육영수 여사가 돌아가셨다고 전하면서, 육영수는 예수를 믿지 않고, 청와대에 불당을 차렸기 때문에 사고를 당했고, 박정희는 불교 신자가 아니기 때문에 살았다고 했다. 그때는 나도 아멘을 했다.

나는 메시지로 교회 나가라는 친구에게 물어봤다. 기독교에서 중요한 세 가지 믿음, 사랑, 소망 중에서 사랑이 제일이라는 것에 대하여, 이타적인 사랑이라고 했다. 이타적이기 때문에 나를 한번 본 자기 친구인 목사님도 나를 위해서 기도한다고 했다. 나는 고맙고 신기하게 생각하면서 기도하는 목적을 생각해봤다.

동물이나 식물은 살아가는 목적에서, 모두 자신의 유전자를 남기는데 초점이 맞추어져 있다. 식물은 벌 나비가 좋아서 꽃을 피우고 꿀을 제공하기 위해서가 아니라, 자기 유전자를 남기는 목적에서 하나의 방법이다. 동물도 생리현상에서 자신의 유전자를 남기는 것이 가장 큰 목적이다.* 그리고 그 목적을 달성하고, 자기들의 영역과 세를 불리어 군락을 이르는 데도 목적이 있다.

어느 단체나 종교도 마찬가지다. 동물이나 식물에 비하면 유전자, 즉 후세들이 없으면 사멸할 것이다. 교회도 새로운 사람이나 후세를 남기지 않고 그 상태에서 지속한다면 결국에는 사멸할 것이다. 그 사멸을 막고 세를 확장하기 위해 기독교는 사람들에게 계속 전도한다. 교회의 입장에서는 죄인인 인간들은 구원하는 것이 목적이라고 하지만, 북한의 유일주체사상에서 남한을 미 제국주의에서 해방은 시킨다는 명분같이 어떻게 보면 논리는 똑같다. 어떤 억압에서 해방 시킨다는 것에, 교회는 죄에서 해방, 북한은 미 제국주의 식민지에서 해방인 것이다.

이 논리에서 교회는 죄인들을 구원하여 천국으로 보내는 것이 그 목적이며, 그것이 바로 전도이다. 그리고 목사는 교회 설교자이자 전도사로서, 누구든지 종교 영역 안으로 들어오게 하는 책임이 있다. 그 책임의 의무에서 내가 하나의 대상이지, 특별히 나만을 위해 그 목사님이 존재하는 것은 아니다. 목사라면 세계 모든 사람을 위해 아마도 수십 번을 기도했을 것이다.

또한 필자가 보기에는 기독교 안에서는 이타적인지 몰라도 밖에서는 가장 배타적인 종교라고 생각한다. 오직 예수를 믿지 않고는 천국에 갈 수 없는 것도 그렇고, 하나님 외에는 전부 다 우상이고, 그것을 섬기는 사람은 천국은 물 건너갔다고 설파한다. 기독교에서는 천국과 지옥이 분명히 있다는 명제 아래, 다른 종교의 사람들은 아무리 오체투지로 수행과 고행을 하더라도 천국은 못 가고 개고생만 하는 것이 된다. 아무리 믿고 손을 비벼도 지옥으로 간다는 것이 이미 정해져 있다는 논리가 성립된다.

그리고 필자가 교회에 나가다가 안 나가는 이유가 있다. 교회에서 설교할 때는 장로나 목사님이 거룩하게 말하지만, 행동은 양심을 저버리고 거룩하지 못한 것을 더러 보았다. 그때는 실망했다. 지금 생각하면 목사나 장로도 인간이다. 인간이기 때문에 말씀은 거룩하지만, 온전하게 실천을 못 하는 것이 정상이라는 것을 지금은 안다. 만약에 말대로 정직하게 실천을 다 한다면 그것은 인간이 아니라 신이다. 그리고 정직하게 율법에 어긋나지 않고 깨끗한 사람이면 원죄를 제외하면, 교회에 안 나가도 맹자의 성선설(양심)으로도 천국에 갈 수 있다고 생각한다.

동양철학에 보면, "맹자의 성선설性善說은 본래부터 사람의 마음은 착하게 태어난다는 천부적 도덕심에 근간을 둔 학설이며, 순자는 이와 정반대로 사람은 누구나 다 관능적 욕망과 생生의 충동이 일고 개인의 이익을 추구하게 되는 것이라고 했다." 이 상반된 주장에 대하여 필자 개인적인 생각에서는 인간이 두 가지를 다 가지고 태어난다고 생각한다. 공자나 순자의 주장대로 어느 하나만 가지고 태어난다는 것에 동의하고 싶지 않다.

다시 말해 맹자의 성선설에 '양심'에 해당하는 것이고, 관능적 욕망과 개인의 이익을 추구하는 것은 대부분 사람들의 '경제활동'을 성악설로 보아야 한다는 것으로 배웠다. 이것을 양심(성선설)도 없이 욕망과 개인의 이익을 추구하는 성악설로만 산다면 아무리 교회에 가고, 다른 종교에서도 손을 비비면서 양심을 저버린다면 사람들에게 환영받지 못할 것이다.

그래서 나는 교회에 나가는 것보다 양심적으로 살기로 했다. 교회에 나가면서 양심을 속이고 사는 것보다 났다고 생각했다. 양심의 실체는 하나님이나 성령같이 자신의 눈에 보이지는 않지만, 다른 사람의 눈에는 보인다. 양심을 속이고 거짓말하는 것이…… 그래서 자유롭게 내 영혼을 양심대로 사는 것이 편하다는 생각을 한다. 그러니까 나에게는 양심이 나의 종교인 셈이다.

그리고 이타적인 사랑이라는 것은, 사람이 살다 보면 자기 생각과는 무관할지라도, 다른 사람이 마음고생이나 어려움을 당한다고 가정해보자. 책임질 의무는 없지만, 여기에 이타적인 사랑을 적용하면 연민의 마음은 가져야 할 것이다.

필자는 TV를 보다가 슬픈 장면이 나오면 많이 운다. 혼자 사니까 누가 보는 사람도 없고 해서 어떤 때에는 수건을 적실 정도로 운다. 가만히 생각해보면 나하고는 아무 상관이 없는데 내가 왜 이러지 하는 생각을 했고, 어떤 때에는 대화할 상대가 없으니까 혼잣말로 욕도 지껄이기도 했다. 그래서 혹시 내 정신이 비정상인지를 의심했다. 나는 불면증이 있어 정기적으로 수면제 처방받기 위해 정신과 의사를 만난다. 그 자리에서 이야기했더니, 의사는 전혀 문제가 없다고 했다. 오히려 아주 정상이라고 했다.

비단 필자뿐만 아니라 대부분 사람은 정도의 차이는 있겠지만, 슬픈 것을 보고 슬퍼하며, 기쁜 것을 보면 기뻐하는 것이 정상이다. 어떤 슬픔이나 괴로움에 자기와 무관할지라도, 슬픈 마음을 가지는 것이 이타적인 사랑일 것이다

※ 이 책 유복자1에서

새 천지 (코로나19)

신천지 교회는 지구에 없었던 새로운 천지를 창조하고 있습니다. 코로 나오는 통성기도 통신으로 새 천지 목소리가 시시각각 지구촌을 구원하고 있습니다. 코로 나온 것을 파 뿌리 같은 뿌리를 찾아내는 호흡 소리가 실시간으로, 새 천지로 갈 숫자는 예배당 꼭대기보다 높은 복음으로 중계되고, 자고 나면 시끄러운 새 천지 복음 소리에, 사람들은 더 새 천지 가기 위해 줄은 거리에서 끝없이 이어지고 있습니다.

TV에서 날마다 전도하는 복음 소리에는 새 천지로 먼저 간 사람들의 숫자가 자막으로 올라가는 아멘이 아멘을 부르고, 새 천지 밖에서 미처 새 천지로 가지 못한 사람들도 아멘을 들고 있습니다. 날마다 새로운 국면에서 기도 소리는 코로 나온 숫자를 더하고도, 더 더하기 위해 통성으로 흔들리는 것은 지구촌에 콧물보다 더 지독한 것이 코로 나온 것입니다.

새 천지를 창조한 창조주는 영광이 새누리에 합당한 것이 보시기에 좋아서, 하얀 옷을 입은 천사들을 전지전능으로 창조하여 새 천지로 인도하는 모습도 보시기에 보기 좋아서, 코로 나온 것을 만지고 또 만져서 지구촌에 없는 새 천지로 가기 위해 이마에 띠를 두르고 있습니다.

우리나라가 코로나 1차 유행을 주도한 것은 '신천지'라는 교회 집단에서 시작되었다. 코로나 측면에서 보면, 교회라는 공간이 그들이 인간에게 침투하여 종을 퍼트리는 아주 좋은 환경을 가진 곳이다. 밀집된 공간에서 통성으로 하는 기도에 한 사람에게만 코로나가 들어가면 교회 전체로 옮기는 것은 식은 죽 먹기다. 속에 있는 모두 토해내는 통성기도는 코로나를 통성으로 다른 사람에게 전도해준다고 생각했다.

그리하여 교회에 모인 사람들이 사회로 나아가 새로운 천지를 만드는 퍼포먼스를 자랑하기에 통성기도는 아주 적당한 것이었다. 하나님 말씀을 사회에 전도하라는 명제에 따르는 것처럼, 코로나도 사회로 나가는 전도가 유행했다. 전도의 말씀처럼 코로나 숙주를 일반인에게 심어주는 유행에 많이 기여해서, 일반 사람들에게는 교회는 코로나를 전도하는 것처럼 인식되기도 했다.

그로 인해 '대구'라는 도시가 처음에는 '우한' 다음으로 코로나로 세계의 주목을 받았다. '우한'과 같이 '대구'라는 도시를 코로나로 매개로 하여 세계에 알리는 행사에 신천지라는 교회가 주관을 했다.

처음에는 하나의 뉴스거리로만 생각하고, 아메리카나 유럽에서는 강 건너 불구경하듯이 하였다. 미국 트럼프 대통령도 별거 아니라고 떠벌리기도 하였으며, WTO도 지금처럼 심각한 상항을 초래할지는 몰랐다. 하지만 1930년대의 세계의 대공황보다 심한 경제적 타격을 입고 있으며, 인간 생명에 대한 위협도 유럽 흑사병 시대와 비슷하게 되어 가고 있는 것이 현실이다.

그리고 비단 신천지 교회뿐만 아니라 다른 교회도 코로나를 사람들에게 전도하는 데 많은 공을 세웠다. 그리하여 사람들은 신성한 하나님의 교회로 생각하시 않고 코로나로 인해 부정적인 이미지가 일반 사람들 속에 물들어 있다.

튀폰,* 적금

   지구의 가장 큰 수족관에서 흔하게 외눈박이 괴물이 생겨납니다. 지구 온실을 통째로 흔들기도 하고 자연환경을 생채기한 인간들에게 크게 대들기 할 때는 터전을 싹쓸이하고도 분이 안 풀리는지, 애써 가꾸어온 온실 나무를 뿌리째 뽑아버리기도 하고 몰아붙이는 것에 속수무책으로 당하는 나비효과에도 인간들은 애초 문명 찌꺼기 던진 것에, 인지하는 곳에 가기까지는 이끼가 자라고 있습니다.

   태평양은 말 그대로 지구에서 제일 큰 수족관이라고 할 수 있다. 그 바다에서 외눈박이 괴물(태풍, 허리케인) 같은 것이 생겨난다. 생겨서 휘둘리는 곳에는 엄청난 재산과 인명피해로 인간이 비명을 지른다. 그것을 군홧발이 개미집을 뭉개는 것에 비유하면, 개미집은 인간이요, 군홧발은 자연재해라는 것이다. 그것은 보통 인간의 두뇌 속에서는 상상도 못 하는 위력이다. 자연의 힘이 얼마나 강하고 위대한지 지금까지 보여주는 것은 맛보기 수준에 불과한 것일지도 모른다. 이것을 인간이 본질을 인지하기까지는 인간의 머릿속에는 이끼가 자라고 있다.

이 괴물들이 지구환경을 파괴한 인간들에게 분풀이라도 하듯, 자비가 없이 해치우는 공포심을 인간들 가슴에 장미처럼 꺾꽂이를 하고 있다. 이런 재해가 문명 발달 이전에도 있었던 것은 사실이다. 하지만, 그 수준이 날로 심해진다는 것이 문제다. 그것이 인간은 우연한 자연재해로만 여기고 있을지 모르지만, 인간이 이미 적금을 들듯이 파괴한 지구환경에 대한 대가 일부를 지불받는 것이라고도 생각한다.

이대로 계속 적금 들듯이 계속하면 나중에 그 적금 만기가 되었을 때는 흔히 말하는 지구의 종말이 될 것이다. 지금이라도 자연환경에 불응하는 프로젝트 적금을 버리지 않으면, 적금의 만기가 도래할 것은 뻔한 일이다.

그리고 적금은 산업화에서 나오는 여러 가지 공해로 인하여 생명체의 영향을 보면 "생물들이 암과 벌인 싸움은 아주 오래전부터 시작되어서 그 기원을 찾기가 힘들 정도다. 하지만 암과 벌인 전쟁이 태양, 폭풍, 토양 등 지구상에 사는 모든 생명체에 영향을 미치는 자연환경에서 비롯된 것만은 틀림없다."

** 자연환경이 생명체에 영향을 미친다는 것에 생각하면 농작물의 생산성을 높이고, 사람에게 가하는 해충을 잡으려고 무자비하게 살충제를 뿌린다는 것이다. 그 부작용으로 사람에게는 암을 유발하는 원인이 된다는 것을 이 책에서 말하고 있다. 또한 농업의 해충은 농약을 뿌려도 내성에서 또 다른 농약을 개발해야 한다. 그 부작용으로 인간을 비롯한 생명체에 미치는 영향의 미래를 생각하면 끔찍한 공포의 결과를 가지고 올지 모른다고 책은 설명하고 있다.

그리고 농업 생산에서 농약뿐만 아니라 산업화로 지금까지는 생산성에만 비중을 두고 마구 배출한 온실가스이다. 지구의 온실가스도 풍선처럼 계속 부풀려지면 터진다는 것은 진리다. 아직은 풍선처럼 펑 터지지는 않았지만. 어딘가에 구멍이나 자연재해가 생긴다는 헤드라인 뉴스로 들어본 적이 한두 번이 아니다. 이것을 우리는 뉴스로만 볼 것아 아니라, 실제로 만져보면 체감은 다를 것이다.

체감 이끼에서
괴물을 달래기 위한 미세먼지
'저감조치'는 녹물로 세수하여
불순물이 가려진다는 말처럼 의심이 붙어있습니다.

이제는 자연환경에서, 북어처럼 굳어보고

만져봐야

곰인지 쓸개인지 딱지인지 보따리인지

알 수 있는 인간들에게

재난 문자가 시도 때도 없이 휴대폰을 흔들고 있습니다.

지금 우리의 휴대폰이 코로나19로 시도 때도 없이 흔들리고 있다. 사실상 지겨울 정도로 울리는 것이 핸드폰이다. 자고 나면 바이러스 포탄에 맞은 사람의 숫자에 신경을 곤두세우고, 어디서 어떻게 파편을 맞았는지에 관심이 집중된다. 직접 파편을 맞지 않았더라도 거기에 대한 심리적으로, 파편을 맞은 것처럼 우리들은 불안한 것이 사실이다. 이번 코로나가 종식되면 이런 재앙이 다시없다는 보장은 없다. 코로나도 변이를 일으키는 것처럼, 지구환경에 의해 또 다른 변종 바이러스가 지금의 코로나처럼 유행하지 않는다는 보장이 없다는 것이다.

그리고 태풍의 어원이 된 튀폰도 태평양에서 자연 발생적으로 일어난다. 하지만, 그것이 인간이 적금을 들 듯한 환경오염에 의하여 과거와는 다르게 많이 생긴다는 것이 문제다. 적금이라는 것은 만기가 되면 그동안 부은 값을 찾게 된다. 그래서 우리 인간이 생활하면서 들은 적금(환경오염)의 만기는 지구

종말을 예언한다. 지금이라도 환경오염의 적금을 해지하지 않으면 지구의 종말은 필연적일 것이다.

* 여름철이면 동아시아에 찾아오는 태풍의 로마자 표기가 typhoon이 된
  데도 이 튀폰의 이름이 영향을 주었다고 한다.『신화의 세계』, 방송통신
  대학출판사. 37쪽.
** 레이첼카슨, 『침묵의 봄』, 247쪽.

남극
— MBC 창사 50주년 방송 〈남극의 눈물〉을 보고

눈물을 흘리고 있습니다. 지구 냉동고였던 곳이 인간의 입김으로 억만년 잠들고 있던 빙하가 유빙으로 노숙자 신세가 되었습니다.

지구 내륙에서 유일하게 원주민이 없는 곳으로 인간들은 떠들었지만, 사실 원주민이 정착해 있었습니다.

인간들보다 신사인 펭귄이

인간이 아닌 펭귄들의 처지에서 보면, 인간들의 눈에는 보이는 게 있다고 말할 것이다. 보이는 게 있으니까 오고, 오면 판다고. 파면 눈물을 흘리는데도 판다고 할 것이다. 자리다툼을 하면서 판다고. 파는 것을 본 펭귄은 동물 중에서 인간을, 가장 인간적인 동물이라고 말하고 싶을 것이다. 크로마뇽인 인간들은 그러지 않았는데, 진화를 거듭한 인간은 이기주의가

고도비만증처럼 더덕더덕 붙었다고 말하고 싶을 것이다. 펭귄들은 인간들이 육덕지게 살겠다는 인간의 욕심으로, 눈을 반딧불처럼 켜고 돌아다닌다고 보고 있을 것이다.

인간은 과학의 함수로 이익을 위해서는, 죽고 못 사는 동물로 변질되었다. 원시 시대에 인간은 보통 동물과 같았는데, 문명 발전 단계를 거치는 동안 이기주의가 지구상에 어떤 동물보다 지능적으로 변질되었다. 생물학자들 교훈에도 인간의 본심에서 물러서지 않고, 오히려 욕심이 퇴적된 본바탕은 진화하고 있다. 약삭빠른 공식과 처세술 능력으로. 지구는 병들어도, 지분의 숫자에 올릴 계산기를 손에 쥐고 항상 주위를 기웃거린다.

이제는 이곳까지 와서 앞다투어 깃발을 세우고 미래의 자원 눈독에 물들이는 색깔이 지독하게 펄럭인다. 눈물을 흘릴 줄은 알아도, 흘리는 눈물은 보지 못하는 인간 눈의 욕심이 펭귄을 죽이고 있다. 아메리카 대륙을 신대륙이라면서 원주민을 질병으로 멸종까지 몰고 갔던 것처럼, 지구에서 가장 순수했던 이곳에 눈물이 뭔지 알게 해주는 데도 알지 못하고 있다.

모스부호로 애원하고 있다. 펭귄들은 아메리카 원주민같이 떼죽음*을 하고 있다고, 지구에서 멸종되지 않을까 하는 걱정을, 망하려면 인간들이 살던 곳만 망할 것이지, 수십만 년 동안 관심도 없던 펭귄의 제국까지 같이 망하자는 속셈에 펭귄들은 부탁을 하고 있다. 제발 개발이라는 것을 하지 말라고, 잘살고 있는 것들을 좀 건드리지 말라고, 건드리면 죽음을 재촉하는 것을 알면서도 건드리는 인간들은 죽어도 정신을 못 차리고 파기만 좋아하는 것은, 슬픔이 아니라 본성이라고 펭귄들은 말하고 있다.

※ 펭귄 15만 마리가 남극에서 떼죽음을 당했다고 영국 일간 텔레그래프가 2016년 3월 보도했다.

우생학

    독일 나치즘은 생물학적 이론에서 우생학이라는 미명하에 수백만 명의 사람을 죽였다. 유대인들을 선천적인 범죄자로 생각하여 6백만 명을 가스실 또는 산채로 불에 태워 죽였다. 그들의 입장에서 범죄자란 나치즘의 주관적인 생각에서 유전적으로 반 사회자로 보았다.

    생물학은 현대에 와서 생물 공학으로 발전하여 의학에 접목해 실험을 하고 있다. 백과사전에 보면 "유전자지도는 유전체지도genome map라고도 부른다. 과학자들은 생명체의 유전정보를 담고 있는 유전자를 찾아내고, 그 기능을 알아낼 수 있다면 질병 진단과 치료, 신약 개발 등에서 획기적인 전기를 마련할 수 있다고 기대한다. 이러한 기대 속에서 인간유전체사업이 진행되었는데, 인간유전자지도는 이 사업에 도움을 주었으며, 사업의 결과로 인간 유전자지도가 완성될 수 있었다."에서 미래에는 유전자지도가 완성되면, 유전조작에서 인공적으로 재

배합하거나 유전의 성질을 바꿀 수 있다는 것으로도 짐작이
된다.

그래서 만약에 DNA 공학이 계속 발전하여, 유전체지도에
서 유전자조작으로 나쁜 성격은 제거하고, 좋은 성격으로만
인간을 편집할 날이 올지도 모른다. 게놈 프로젝트에서 범죄
나 좋지 않은 성격체를 제거하고, 게놈 지도에서 좋은 성격으
로 인간을 편집해 완성하면 세상에 좋은 일만 있게 될 것이다.

그렇게 되면 세상에 좋은 물건들은 수두룩하지만, 인간들은
아무리 좋아도 그것들을 가지려고 싸우지 않을 것이다. 좋은
것일수록 다른 인간이 필요한 것에 따라서 유전자조작 매뉴얼
이 유행할지 모른다.

그래서 배가 고파도 더 배고픈 다른 사람에게 먹거리를 양
보하여 자신은 굶어 죽어도 좋다고, 무엇이든 좋다는 생각만
편집되어 있다고 가정해보자.
그러면 지금 아프리카 같이 굶어서 죽는 사람들은 없을 것
이다.

그리고 사회적으로 약자들이 좋은 옷을 입고, 강자나 권위
있는 명사들은 누더기 입는 것이 보통인 세상으로 돌아갈 것

이며, 약자들은 양보에서 밀려났기 때문에 할 수 없이 좋은 옷만 입을 수밖에 없을 것이고, 자동차와 주택도 마찬가지일 것이다.

보통 인간 남자들은 예쁜 여자를 보면 침 흘리고 숨을 헐떡거리는데, 좋은 성격만 편집하게 되면, 남자들은 능력이 있는 자일수록 불쌍하고 예쁘지 않은 여자만 골라 장가를 갈 것이다.

그래서 예쁜 여자일수록 시집을 못 가고, 화장도 안 하는 여자들이 오히려 행복한 세상이 되고,

여자도 직업이 없는 못생긴 남자에게 시집을 가서 죽을 고생으로 사는 것이 더 행복하다고 떠들고 다닐 것이다.

그리되면 세계 어느 곳에도 싸움과 전쟁이라는 단어가 소멸할 것이고, 좋다는 단어만 난무하는 세상에서, 죽어서 천국에 가지 않아도, 공짜로 이 세상이 바로 천국이 될지 모른다.

북극

북극은 에스키모인과 북극곰 고향이었다. 지금은 고향이 사라지고 있다. 지구 온실가스로 인하여 에스키모인은 본래 인간으로 돌아오고, 북극곰은 불안한 고향으로 살아가고 있다. 그들은 인간보다 영리하지 못해 당하고만 있다.

생태학자들은 지금 이대로 지구환경이 계속 이어진다면, 지구는 우리가 먹은 것을 배변하듯이, 지구 멸망을 인간들이 배출할 것이라고 경고한다.

곰은 인간들에게 말하고 싶을 것이다. 우리가 죽으면 너희들도 같이 죽는다고. 하지만, 인간들은 곰의 말을 알아듣지 못한다. 언어의 소통으로 모르는 것이 아니라, 알아들으면서 모르는 척하는 것이 인간이다. 곰의 원래 고향 날씨로 복원하지 않으면 모두가 같이 죽는다는 것을, 유빙을 뗏목 삼아 모스부호로 헤엄치고 있다.

그래서 일부 인간들은 지구환경보존에 불응한 프로젝트를 버리고 곰을 살리려고 떠벌리는 것이다. 인간들의 영리한 삶이 아니라, 그들처럼 영리하지 못한 삶이 미래라는 인식이 이 파리에 싹트기 시작한 것이다. 그 싹을 잘라 나물로 무쳐 먹는다면 지구에서 인간으로 온전한 삶을 누리는 혜택은 없을 것이다. 싹이 나도 그 싹에는 이미 오염된 토양에서 나온 싹일지도 모르는 일이다.

그러나 대부분의 인간은 문명의 혜택을 지붕 삼아 살아가는데 주저하지 않는다. 엘리베이터가 있는 빌딩에서 2~3층을 걸어 올라가면 1~2분이면 되는데, 엘리베이터를 타려고 5분을 기다리는 편리함을 동시에 불편함을 감내하는 것이 인간들이다.

그리고 대부분의 인간은 우선 먹기 좋은 것에만 신경이 집중되고 있다. 우리나라 속담에 "우선 먹기에는 곶감이 좋다"는 말처럼 많이 먹고 나중 변비에 걸려 배변을 못하더라도 우선 달콤한 맛에 먹는다는 이야기일 것이다.

그래서 우선 편리한 것에만 집중하고 고향의 먼 과거로 돌아가는데 불편한 것이 인간들이다. 그리하여 문명이 지옥처럼 발전하였다. 우리 생활에서 '전기'라는 단어 하나만 생각해보자. 전선 하나만 끊어져도 지옥이 되는 세상이다. 요즘 신종 바이러스처럼, 전기에 이상 징후가 생긴다면 생각만 해도 끔찍한 일이 될 것이다. 우리가 지금처럼 코로나19 바이러스가 온다는 누구도 예상하지 않았다. 이런 것을 가지고 세계는 전쟁을 치르는 적이 거의 없었다. 이처럼 전기도 변질한다고 하면 미친놈으로 생각할 것이다. 하지만 전기에도 컴퓨터 바이러스와 같이 변이될지도 모르는 일이다.

만약에 그렇게 된다면 전 세계가 바로 지옥이 될 것이다. 그렇게 죽지 않고 사람들은 편리하게 지옥을 맛보는 것이 될 수도 있다. "맛을 봐야 맛을 아는" 여느 광고처럼.

맛을 보고
맛을 알아도
불편한 것을 불필요하게 생각하는 인간들은

먼 고향 보따리 찾는 것은
인간들이 지옥의 삶의 걸치고 해봐야 정신에 올바른 싹을 키울지 모르는 일이다.

인해전술

신대륙이 아닌 구대륙의 우한에서 바이러스가 신생했다. 우한에서 시작한 바이러스를 새로 태어난 아이처럼 WTO는 코로나19로 명명했다. 세계에서 처음에는 우한 폐렴 정도로 알았다. 하지만 그것이 지구촌에 큰 대박을 터뜨릴 것은 아무도 예상 못 했다. 특허도 없는 신종 인해전술로 대박을 냈다. 6·25전쟁의 인해전술은 전술도 아니었다. 지구촌에 일찍이 없었던 이 전술은 코로 나온 속수무책 기침의 속도전이었다. 인간이 가는 곳에는 어디든지 속수무책 기침의 속도는 따라붙었다. 속도는 있어도 브레이크는 없었다. 기침이 전해주는 속도는 죽음의 대상이 되었다.

이로 인해 나라마다 문을 잠그고, 인간들도 숨구멍을 잠그고 집구석에 처박혀 숨도 쉬지 않는 것이 애국이라고 TV 아나운서는 큰소리로 소독했다.

텅 빈 거리에는 코로 나오는 잔해를 수거하는 우주인 같은 사람들만 보였다. 텅 빈 거리에는 바람과 함께 유령들이 활보하는 것처럼, 누가 봐도 공포로 보였으며 죽음을 인지하는 곳에 안개 같은 소독만 뿌렸다. 아무리 뿌리고 뿌려도 죽음의 그래프는 주식시장 전광판처럼 상종가로 붉게 물들인 것에 푸른 그래프로 돌아눕지 못했다. 그래서 TV 아나운서는 붉게 물든 그래프에 떠드는 말은 아끼지 않았다.

또한 아나운서는 안개 속에서 죽어가는 고객을 찾는 인간들만이 활보하는 세상이 되었다고 했다. 저승의 고객이 되지 못하는 보통 인간들은 일부러 숨구멍을 막으라는 말이 귀에 딱지가 붙었다. 숨구멍을 막아도 죽지 않은 인간들은 살아가는 것이 공포가 보통인 세상이 되어버렸다.

필자는 자고 나면 아나운서의 코로 나온 것을 듣는 것에, 싫증이 고도 비만증처럼 정신에 붙었다. 휴대폰으로 재난 문자가 수시로 떨리는 내용에서, 스트레스를 보통 생활에 보태고 살아야 했다. 어떤 곳에서는 산 자와 죽은 자의 자리가 다른데, 같은 곳에 있다는 뉴스를 볼 때면 다 같이 죽자는 말처럼 들렸다. 그 뉴스에서 아프리카돼지열병이나 조류인플루엔자로 살아 있는 가축을 살처분하자는 것 같은 기분이 들었다.

차라리 지금 생각해보면 처음 우한에 폐렴이 처음 생겼을 때 전염병에 걸린 가축처럼, 우한을 살처분했다면 전 세계가 코로나로 인해 공포와 고통을 이렇게 당하지 않아도 되었을

것이다. 가축처럼 다수를 위해 소수를 희생했더라면 장례절차
도 없이 매장하는 일은 없었을 것이다.

　　한 번씩 신종이 유행하는 것은
　　호기심과 욕심에 유행을 바르기 좋아하는 인간들에게
　　신종이 공포를 부추기는 것에만
　　비극을 추측하고 있을 뿐

　　추측에 추측을 아무리 더해도 인간은 죽어도 정신을 팔아먹
고 있다.

줄기세포

〈카타카〉는 미래에 인간 생명이 영원히 존재할 가능성을 열어놓고 있다. 또한 자연적으로 인간을 생산하는 것에만 의존하는 것이 아니라, 생명공학의 발전으로 맞춤 인간을 편집할 가능성이 충분히 내재되어 있다는 것을 느꼈다.

오늘날 생명공학이 발전하고 있는 현실에서, 인간이 만든 인공지능도 날로 발전하고 있다. 인공지능 알파고에, 세계에서 제일 바둑을 잘 둔다는 이세돌이 지는 것을 우리는 보았다. 인간이 만든 기계에 인간이 진다는 것은 앞으로 인공지능이 발전하면 인간을 능가할 수 있다는 결론을 아니 할 수 없다. 이처럼 생명공학도 발전하여 지금 우리가 상상하는 그 이상으로 발전할 수 있는 개연성은 열려있다.

이처럼 생명공학에서도 줄기세포에서 배아줄기로(분화할 수 있는 능력을 지녔으나 아직 분화되지 않은 세포)에서 인간이 원하는 성체줄기세포로 분화시키면, 무엇이든지 조작 가능성이 있다. 현재 인간보다 또 다른 완전한 인간을 만들 수 있는 현실이 가까워지고 있다는 것이다. 그렇게 되면 창조주 신에게 신뢰가 무너지고 과학을 믿는 새로운 종교가 탄생할지도 모른다.

백과사전에 의하면 "성체줄기세포는 의학적으로 이용하기에 안전하다. 장기 재생을 위해 몸속에 이식해도 문제가 없으며, 주변 조직의 특성에 자신을 맞추어 분화하는 조직특이적 분화능력이 있다. 성체줄기세포는 거의 모든 종류의 난치병 해결에 도움이 될 것으로 보고 있다."는 내용이 완성되면 인간이 병으로 죽는 일은 거의 없을 것이며, 맞춤 배아줄기에서 답을 찾아 성체줄기 완성으로 지구 인간 존재로 살아갈 미래는 안전이 보장될 수도 있을 것이다.

그래서 아무리 죽음이 불러도 살아가는 데는 지장이 없을 것이며, 죽음이 없는 세상이 올지도 모른다. 그렇게 된다면 죽음이라는 단어가 소멸하고, 슬픔이 있는 장례식장은 폐업될 것이다. 그러면 눈물도 말라 눈을 움직이지 못해 고정된 눈을 가지고 잘 때도 올빼미처럼 눈을 뜨고 자는 사람이 생길 수도 있다.

그리고 만약에 죽음이 없는 세상이 오면, 생명을 생산할 수가 없어 아이를 낳으면 자신은 반드시 죽어야 한다. 지구에 인간이 살 수 있는 면적은 고정불변인데, 그 수를 늘려 살 수 없기 때문이다. 지구의 한정된 면적에서 자꾸 생산되면 콩나물처럼 사람끼리 붙어서 움직이지 못하는 세상이 되기 때문이다. 결론적으로 인간의 생산은 불가능하다는 이야기다. 결국, 가진 자만이 살 수 있는 세상이 될 수밖에 없다.

그래서 죽음도 병도 노화도 없어 사람들은 해병대 구호처럼, 한 번 졸병이면 영원한 졸병이 될 수밖에 없다. 사람들이 늙고, 죽지 않고 해서 자손을 낳지 못하기 때문에 현재 상태 그대로 있다. 지금의 아버지나 형님이 된 것이 영원불변으로 남는다. 그렇게 되면 현재의 질서에서 바뀌지 않은 영원한 세상에서 살 수밖에 없다.

그래서 삶에 지겨운 인간들은 '사는 것이 좋은 것'이 아니라 '죽는 것이 좋은 것'이라는 시대가 도래하게 될지도 모른다.

* 〈카타카〉: 1997년 미국에서 DNA 공학은 사람들이 고도의 지능과 완벽에 가까운 육체를 갖고 태어나는 것을 가능케 한다는 영화.

바이러스 전쟁시대
― 온실가스

　지구촌은 바이러스 전성시대입니다. 여기에 신종을 붙이면 인간들은 공포에 공포를 더합니다. 우한 신종 바이러스도 지구촌에 죽음과 공포로 대박 내고, 바이러스 명성을 알고 있는 인간들은 신종 바이러스와 세계대전을 치르고 있습니다.

　만약에 신종 코로나바이러스 같은 것이 한 번 더 영리한 신종으로, 변종하여 온라인공간에서 인간의 눈으로 소통한다면, 어떻게 될까 하는 상상을 해봅니다. 지금의 컴퓨터 바이러스는 컴퓨터 내에서만 활동하지만, 그 바이러스가 변종을 거듭하여 사람 눈으로 컴퓨터를 보기만 해도, 전염된다면 상상도 못 하는 결과를 가져올 것입니다. 컴퓨터를 보는 지구촌 사람들의 모두가 바이러스에 감염될 것이 뻔할 것입니다. 그렇게 되면 지구의 종말이 아니라, 인간 종말을 배제하지 못할 것입니다.

인간 문명의 발전에 따라 같이 발전하는 것도 바이러스이며, 컴퓨터가 나오기 전에는 컴퓨터 바이러스가 존재하지 않았다. 최첨단 기술이 발전되면 거기에 따라 바이러스도 변이를 일으키면서 따라오는 것이 문제이다.

지금 유행하는 코로나-19도 그렇다. 그 종이 살아남기 위해 자꾸 변이를 일으키고 있다. 인간이 편리하게 살기 위해 과학이 발전하는 것처럼 그들도 살아남기 위해 변이를 거듭하는 것이다. 계속되는 바이러스에서 인간의 종말을 막으려면, 생명공학자들은 신종 컴퓨터에 백신 더하기 백신을 개발하는 프로젝트를 시작해야 할 것이다.

백신 하나 개발하는데 지금까지는 수십 년이 걸리고, 또 그렇게 시간이 걸려도 개발하지 못한 것이 많았다. 그만큼 백신 하나를 개발하여 실제로 사용하는 데 있어서 많은 시간이 걸린다. 그러나 코로나바이러스의 백신은 최단 시간에 개발은 하였으나, 코로나도 변이를 거듭하는 데 있어서 끝까지 백신이 그 기능을 할지는 아직은 모른다. 그래서 컴퓨터 기능에 있어서 바이러스가 변종하듯이 컴퓨터도 변종에서 변종으로 개발해야 할 것이다.

변종에서 답을 찾지 못하면, 문명생활에 길들어진 인간은 컴퓨터 기능에서 생활이 멀어진다는 것은 상상을 초월하는 불편한 삶이 될 것이다. 아니 불편할 정도가 아니라 컴퓨터 없는 생활은 인간이 숨 쉬는 것조차도 힘들 것이며, 인간도 변종하

지 못하면 살아남지 못할 정도로 편리함에 물들어 있다. 만약에 그렇게 된다면,

지구촌을 돌고 돌아봐도
바이러스로 인해 맹인처럼 어정거리는 것들만,
심청이가 없어 눈을 제대로 뜨지 못하고
죽지 않아, 고생만 더듬고
눈물로, 죽어도 산 것 같고
살아도 죽은 것 같은 무게가
혼자 지구를 어깨에 멘 아틀라스처럼
불편한 무게로 살아갈 것이다.

지금 지구에는 인간 문명의 발전으로, 온실가스를 많이 배출하여서 풍선처럼 부풀어 있다. 부풀려진 무게의 가스를 잘 사용하려면 바이러스처럼 인간도 나무로 종이 바뀌어야 할 것이다. 그러면 바이러스와 컴퓨터 없이도 지금까지 배출한 온실가스의 혜택을 누리면서 얼마 동안은 인간들은 숨쉬기가 편할 것이다.

그리하여 지구에 온실가스가 다 소진되어 산소가 풍부해지면, 다시 인간으로 돌아와 반복적으로 사는, 변이 바이러스처럼, 인간도 기가 막힌 생활이 지구환경에 맞아떨어질 것이다.

태양과 공기는 주인이 없다
— 로힝야 난민촌

여기는 로힝야 난민 천막촌*입니다. 먼지가 난민들 얼굴에 지도를 그리고, 얼굴 지도에는 길이 있어도 갈 수가 없습니다. 국경 없는 새처럼 가고 싶어도 갈 수 없는 길이 멈춰 있는 곳, 태양을 등지고, 길을 마시면서, 길을 더듬으면서, 길을 빌어먹으면서, 죽음의 길을 지고 왔지만, 길이 가로막고 있어, 가지고 온 길을 버리지도, 취하지도 못하고.

임시정부처럼 길이 저장되어있는 얼굴에 막막함을 로션으로 바르고 있습니다. 길을 베개 삼아 잠을 청하고도, 길을 외상으로 빌릴 수도, 현찰이 없어 살 수도 없는 그들의 신세라, 차라리 인간 불간섭지역.

지구촌을 떠나 화성에 가서 딱정벌레가 되어 딱딱 소리 내면서 화약 냄새나는 지구촌 기억을 변두리에 묻어놓고, 부모형제 피비린내도 가슴에 묻어놓고, 기념비적인 삶을 선택하라고, 듣고 보고한 국경 없는 바람이 와서 조문처럼 속삭입니다.

거리에는 객사 시체와 쓰레기가 썩어 냄새는 코끝에 긴 물음표로 새기고, 넝마주이 난민들 체류가 아나키스트 새들이 흘러가는 국경을 바라만 보고 있습니다.

뉴스를 보면 로힝야족 난민촌에, 유엔이나 다른 국제기구에서 구호품을 보내고는 있지만, 죽지 못해 겨우 연명만 하는 참담한 실정이다. 미얀마 정부의 부족 말살을 피해 와서, 이 같은 열악한 환경에서, 오직 살기 위해 지구에서 유일하게 공짜인 태양만 쬐고 공기만으로 숨을 쉬는 것 같다. 태양과 공기는 존재는 하되 국경도 없고 누구의 것도 아니다. 어느 나라나 부족의 전유물이 아니다. 인간이나 동물의 모두의 것이다. 지구상에서 존재는 하는데 태양과 공기는 주인이 없다.

하지만 이 외에 사람이 살아가는 데 있어서 필요한 물건이나 땅은 다 주인이 있다. 그래서 인간에게 필요한 것은 서로 차지하기 위해 피 터지게 싸우고 하여 난민이 발생한다.

그래서 지구에서 인간에게 필요한 태양이나 공기는 빈부 격차나 갈등도 없이 평화롭게 사용하는 것 같이, 인간에게 필요한 모든 것을 태양이나 공기처럼 생각하고, 사용한다면 전쟁도 없을 것이고 난민도 없을 것이다.

＊ 방글라데시 콕스바자르에는 90만 명이 넘는 로힝야 난민이 머무는 세계에서 가장 큰 난민촌. 이들 중 대다수인 74만 명은 새로운 폭력 사태가 발생한 2017년 8월 이후 미얀마 라카인주를 떠나온 사람들이라고 한다.

지식창고는 퍼낼수록 채워진다

인간의 지식창고의 면적은 무한정하다. 그 지식창고에 우리는 아주 일부만 채우고 있다. 그곳에는 항상 열흘 굶은 개 내장처럼 비어 있다. 그렇게 지식을 채우기 위해 머리를 싸매고 밤낮으로 죽지 않고 살도록 노력을 하지만, 넓은 창고에 저장되는 것은 일부분이다.

프로이트도 정신분석학에서 인간 뇌 용적에서, 사용하는 것은 빙산의 일각이라고 했다. 그리고 타이타닉이 암초에 부딪혀 침몰한 것도, 빙산의 일각인 조그마한 인간의 지식을 과도하게 믿었기 때문이라고 한다.

숨어 있는 암초를 조심하라는 경고도 무시하고 보이는 얕은 지식만 사용했기 때문이기도 했다는 것이다. 이처럼 우리가 아는 것은 티끌만큼이요, 모르는 것은 태산이다. 그래서 우리의 무한정한 뇌에는 아무리 지식을 저장해도 항상 비어 있는 것이나 마찬가지다.

반대로 우리가 사용하는 일반 창고에는 어떤 물건을 쌓으면 그대로 저장된다. 저장된 물건은 누가 훔쳐 가지 않으면 그대로 있다. 반면에 지식창고에 있는 것은 누가 훔쳐 가지도 못한다.

우리가 잘 아는 분서갱유를 하고도, 진시황제는 인간의 머릿속에 있는 것은 끄집어내어 불태우지 못했다. 그래서 지식인들을 통째로 태우거나 생매장을 했다. 이처럼 일반 창고에 있는 것은 어떤 도구로 끄집어내어서 불태우고 하면 되지만, 인간의 뇌에 있는 지식은 어떤 도구를 사용해도 빼앗을 수 없다. 그것을 스스로 열쇠를 풀지 않으면, 아무리 신창원 같은 신출귀몰한 도둑이라도 훔칠 수 없는 것이 지식이다.

그래서 아무리 그 지식이 탐이 나더라도 가질 수 없는 것을, 스스로 내주는 것이 선생이다. 선생의 지식창고에 있는 것을 아무리 퍼내 주어도 축나지 않는다. 하지만 일반 창고에 있는 물건은 꺼내는 만큼 축이 난다. 꺼내는 만큼 수학 공식으로 정확하게 모자라게 된다. 하지만 지식창고에는 축나지 않고 더 채워진다. 만족이라는 것이 채워진다.

지식창고 만족뿐만 아니라, 다른 만족도 누가 준다고 해서 되는 것이 아니다. 스스로가 만족을 해야 된다. 적은 것을 가지고 만족하면 그것이 만족이고, 아무리 많은 것을 가지고도 만족하지 못하면 그것은 불만족이다.

하지만 지식의 불만족은 만족을 채우는 도구가 될 것이다. 뇌의 용적률을 높이는 도구가 될 것이다.

레코드판

　40년 만에 만난 사람이 내 얼굴에 주름이 많다 한다. 얼굴의 주름은 저장 공간이다. 지나간 시간이 저장된 곳, 지나간 노래가 저장된 곳, 지나간 기쁨이 저장된 곳, 지난 슬픔이, 지난 아픔이, 눈물이, 고통이,

　묻어있는 곳이 주름이다. 주름이 깊을수록 수많은 가슴도 저장된 곳, 뛰는 가슴, 애타는 가슴, 숨이 미어지는 가슴, 보고도 믿기지 않은 가슴, 한 번쯤 사랑도 하고 이별한 가슴,

　가슴이 노래다. 레코드판 주름에 바늘을 대면 재생되는 것처럼, 골이 없으면 재생이 없다. 평평한 얼굴에는 재생이 없다.

　나무나 사람이 나이가 들면 거죽이 거칠게 되기 마련이다. 이 거친 것이 흔적이다. 나무의 나이테같이 주름이 늘어나는 것은 자연의 순리이다. 40년 전에 정지된 얼굴에서, 그 사람은 갑자기 만나니 그때 얼굴을 연상할 것이다. 어릴 적 어린아

이를 보다가 훌쩍 커버린 아이를 보는 것처럼 생각되었을 것이다. 그래서 보지 않아도 주름의 시곗바늘은 계속 돌아가고 있다는 것을 모르는 것 같았다.

어린아이에게는 주름이 없다. 주름이 없는 것은 그만큼 세월을 겪어보지 못한 증거이다. 레코드판에 주름이 없으면 아무리 바늘을 갖다 대도 소리는 없을 것이다. 소리가 없다는 것은 레코드판에 저장할 내용이 없었다는 것이며, 그만큼 아직 저장할 게 많다는 것으로도 해석할 수 있다. 재생되는 레코드판으로 생각하면 어린아이는 아직은 많은 것을 겪어보지 못한 증거일 것이다.

레코드판에 저장되는 내용은 노래를 부르는 사람에 따라 다르다. 여자가 남자 목소리로 저장될 리가 없고, 남자도 여자 목소리로 저장이 안 된다. 저장되는 것은 오직 자기 목소리로 저장된다.

사람마다 각자의 생활에서 똑같은 사람은 없다. 사람의 지문처럼 각기 고유의 특성을 가지고 있다. 그리고 그 지문은 누구도 훔쳐 가지 못한다. 아무리 신출귀몰하게 하는 해킹이라도 다른 사람의 생활은 복사가 불가능하다는 뜻이다. 어쩌면 지문도 얼굴 레코드판과 같은 것으로 생각된다.

그 사람만이 가지고 있는 고유의 지문 같은 특성에는 누구도 새치기할 수 없다. 하지만 레코드판에 있는 음악은 새치기가 가능하다. 복사가 가능하다는 것이다. 레코드판 대신에 나온 CD는 복사가 간단하다. 컴퓨터에 넣고 클릭 한 번에 복사가 된다. 하지만, 사람이 살아온 얼굴 레코드판은 다르다. 수많은 사연과 세월이 묻어있는 얼굴에 저장된 것은 복사가 불가능하다.

그리고 주름이 깊을수록 사연이나 세월이 더 많이 저장되어 있다. 산골짜기로 물이 모여들어 개울을 이루고 강을 만들 듯이, 깊은 골에는 세월의 흐름이 시냇물처럼 흐른다. 그리고 언젠가는 강물이 되어 흘러가서 골을 타고, 골이 없는 바다로 간다. 그것이 우리의 인생이다. 주름이 영원히 저장되는 그곳에서 생을 마감한다.

R. 슈트라스 알프스 교향곡

지휘봉이 어둠에 묻혀 있다. 나는 눈을 감는다. 지루한 밤을 지나서야 아침 해가 실눈을 뜬다. 눈 덮인 알프스 아침이 서서히, 솟아오르는 햇살이 머리를 파고든다. 눈 감고 있어도 보인다. 내가 선율에 따라 숲속에 들어가는 것이, 눈 녹은 물 흘러내리는 시냇가 만난다. 물소리 들으며 걸어간다. 폭포가 보인다. 떨어지는 물이 햇살과 홀라당 장난친다. 나도 홀라당 하고 싶다. 내 머리에 폭포를 맞은 기분이다. 선연하게 떠오르는 꽃피는 초원을 본다.

지휘자 머리 위에 나비가 나빗나빗 날아다닌다. 나비를 따라가니 산 중턱에 목장이 보인다. 목동의 피리 소리가 관악기 관을 타고 희미하게 들려온다. 소리가 선율과 선율 사이에서 이리저리 건너다니다가 침침한 숲속으로 들어간다. 지휘봉에 심각함이 감지된다. 나도 감정이입 된다. 숲속에서 길을 잃었다. 약간 떨리는 저음이 연주된다. 옥타브가 오르내리면서 두려운 분위기로 전환된다. 갑자기 나타난 빙하에서, 쿵쿵하는 드럼 소리에 크레바스가 감지된 내 몸에 소름이 돋는다. 리듬이 소름을 더듬는다.

　다시 평화로운 선율에 나는 평온을 느낀다. 선율은 약간 끊기는 듯하지만, 지휘봉 따라 작은 알레그로 비바체 걸음으로 정상에 오른다. 알프스산맥이 장엄한 지구 백골 같다. 눈에 덮여 있는 산봉우리 골격 사이에 호수가 보인다. 에메랄드 물빛은 하늘이 내려다보는 거울 같다. 절정 봉우리에서 나는 공상에서, 올림포스산을 떠올린다. 최고봉에 올라 제우스가 된 느낌이다. 눈 덮인 알프스 봉우리들이 내 발아래 있다. 안개가 끼고, 해는 점차 희미해지고, 폭풍 직전의 고요한 날씨, 선율이 아다지오로 변한다. 객석 숨소리가 들릴 정도다. 끝날 것 같은 음이 뱀 꼬리처럼 이어진다. 관중석에서 폭풍이 몰아치고 회오리바람이 관중석을 훑고 지나간다.

환상*

그가 그의 장례식을 바라보고 있다. 그를 매장하기 위해 유령, 마술사, 그밖에 갖가지 요괴들이 모여 있다.

그 무리 가운데 그가 있는 것도, 그가 보고 있다.

그는 유일하게 웃고 있는 유령에게 다가갈 때,

요괴들은 주변을 서성거리다가, '오늘은 축제다' 하며 외치고 야릇한 웃음을 짓는다. 사지를 벌려 팽이 돌듯 빙글빙글 돈다. 회오리바람이 도는 듯하다. 멀리서 가끔 종소리가 들린다. 괴성 같은 우렛소리도 들린다. 마술유령은 멀리 있는 구름이 몰려오게 한다. 우렛소리가 가까이 들리다가 소나기가 세차게 내린다. 마술로 빗줄기들을 요정으로 만들어버린다. 요정은 발레리나가 되어 발레를 춘다. 발레를 왈츠로 춘다. 요괴들은 나팔을 분다. 나팔소리가 행진곡이 되다가 이내 번개로 돌변한다. 번개가 치니 폭풍이 몰려온다. 폭풍은 악대로 변한다. 악대가 행진곡으로 변주한다. 또다시 종소리는 가까이 들린다. 종소리에 악대가 사라진다. 먹구름 사이로 햇살이 비친다. 멀리서 시원한 바람 소리가 들려온다. 사방이 고요하다 야비하게 검은 안개가 깔린다.

(웃고 있는 유령) 이봐, 자네는 목이 잘릴 때 어떤 기분이었나?

(베를리오즈) 아 네. 목 잘릴 때의 기분보다 단두대로 걸어갈 때의 기분을 먼저 말씀드리죠.

그래, 그것도 괜찮군. 아주 무서웠겠지?

아니요, 오히려 당당했어요!

허허, 그거 재미있군. 루이 16세도 단두대로 걸어갈 때 당당했어.

이제 죽었다는 생각에서, 생각을 무장해제 하니까 오히려 당당했어요.

그래! 사람들은 생각을 빼면 모두 해골이지.

그리고 단두대 작두날은 아가리를 벌리고, 어서 밥이 들어오기를 기다리더군요.

그렇지! 밥이 있으니까, 입이 기다리겠지.

또 환청이 들리더군요.

환청이라니?

단두대로 걸음을 뗄 때마다 요란한 드럼 소리가 폭풍처럼 왔다가 가더군요. 지옥 가는 개선곡으로.

허허, 이봐! 어서 서두르게. 이러다간 어둡기 전에 자네를 매장도 못 하겠네.

위의 내용은 필자가 〈환상〉 교향곡 음악을 들으면서 상상한 것이다. 베를리오즈가 환상에서 위와 같은 경험을 하지 않았나 하는 생각으로 글을 써봤다. 베를리오즈는 환상 속에서 짝사랑하는 그녀**를 꿈속에서 죽이고 사형 선고를 받았다. 사형을 받고 매장되기 직전을 필자만의 상상으로, 그로테스크한 내용으로 꾸며보았다. 모든 것에는 맨날 맛보는 것만 먹는 것보다, 하늘에서 비행기가 떨어지는 것이 아니라, 수박이 떨어진다는 생각으로 글을 써봤다. 원래는 시로 발표하려다가 아닌 것 같아서 여기에 옮겼다. 그리고 〈환상〉을 모티브로 한 습작에 불과하지만, 소설도 썼고 시 한편에 100행으로 시집에 발표도 했다.

필자는 잡식성 동물처럼 어떤 음악이든 즐겨듣는다. 그중에 클래식 음악을 많이 듣는 편이다. 어느 음악가가 말하기를 어떤 음악이든 거부감 없이 듣는 것이 진정한 음악 마니아라고 했다. 대부분 우리나라 사람들은 진정한 음악 마니아가 아니라서 그런지 몰라도 대중가요를 즐겨듣고, 부르기도 한다.
필자가 시내버스 기사를 할 때 주로 클래식 전문 라디오을

듣고 운전을 했다. 그중에 즐겨듣는 사람이 있는가 하면, 어떤 사람은 "귀신 씻나락 까먹는 소리"한다는 이야기도 들었다. '귀신이 씻나락을 까먹으면'은 그렇게 아름다운 '음악 소리'를 내는지는 모르겠지만, 하여튼 거부감을 느끼는 것은 분명했다. 손님은 금방 타고 내리고 하지만, 종일 운전을 하는 나는 내가 좋아하는 것에 손이 가게 마련이다. 손님 서비스 차원에서는 개개인의 취향을 다 맞출 수는 없다. 그래서 공익채널인 라디오 방송을 틀고 다닌다는 것은 아무 문제가 없다고 생각했다.

KBS1 라디오 클래식 전문 채널의 아나운서 정만섭의 말이 지금도 생생하다. 중저음의 목소리가 음악을 소개할 때, 작곡 배경과 음악가를 설명하는 음성이 클래식하게 다가왔다. 그중에 인상 깊은 베를리오즈의 〈환상 교향곡〉이 가슴에 와 닿았다.

그 작곡 배경을 보면, 베를리오즈 아버지는 의사인 관계로 아들도 의대에 가서 의사가 되기 바랬다. 자식 농사는 그때나 지금이나 부모 마음대로 안 되는 것인지? 베를리오즈는 부모의 반대에도 불구하고 음악을 선택했다.

그는 무명의 시절을 겪었다. 예술가의 무명의 설움은 항상 음악의 반주처럼 달고 살아야 한다. 필자도 정부에서 공인하는 '예술인 패스'를 가지고 있다. 하지만 시집을 출판하려고 하니 무명이라는 것이 발목을 잡았다. 내용보다는 유명세를 치르고 있는 시인은 어느 곳에든지 출판을 잘해주지만, 무명이라는 이유만으로도 출판에 어려움을 겪었다.

베를리오즈도 무명시절에 우연히 영국 셰익스피어 극단의 파리 공연을 관람하다가 오필리어와 줄리엣을 연기하는 해리엣 스미드슨을 본 그는 헤어나올 수 없는 사랑의 열병에 빠진다. 영국 유명한 극단의 여주인공을 사랑한다는 것은 무명인 그에게는 가당찮은 것이었다. 쉽게 말해 오르지 못할 나무였다. 하지만 그는 포기하지 않았다. 음독자살까지 시도하면서 그녀에게 헤어나오지 못했다.

자살은 시도하였으나 약물이 치사량에 미치지 못해 죽지는 않고 사경을 헤매다가 살아났다. 환상 속에서 그는 짝사랑하던 여인을 죽이고, 사형 선고를 받고 죽는 과정과 장례를 치르는 것에 환상을 보았다는 '가정'으로 필자가 임의로 생각했다.

실제로 그는 죽지도 않고 살지도 않은 순간에 꿈같은 '환상'을 체험하고 깨어나서 그것을 악보에 옮기기 시작했다. 그것이 그 유명한 〈환상〉 교향곡이다.

특별한 경우를 제외하고 유명세를 타고 있는 예술인들을 우리는 저절로 인기인이 되었다고 생각할지 모른다. 하지만 그 이면을 생각하면 우리가 상상도 못 하는 베를리오즈와 같은 죽을 고생을 겪은 후에, 명성을 얻는 경우가 대다수일 것이다.

화려한 뒷면에는 어떤 과정의 절차를 밟는 것처럼, 그들도 무명시절을 거치면서 쓴맛 단맛을 먹고 토하고 한 결과물일 것이다.

올림픽 같은 데에서 금메달을 따고 눈물을 흘리는 것은, 메달을 땄다고 기뻐서 눈물을 흘리는 것도 있겠지만, 그동안의 고생과 설움이 북받쳐 우는 경우가 대부분일 것이다. 이곳에 오르기까지 지나온 고통과 어려움이 비디오처럼 스치면서 나오는 눈물일 것이다.

사람이 살다 보면 어떤 계기가 오기 마련이다. 베를리오즈의 일생에서 예기치 못한 여인에게 빠져 상사병까지 걸려서 실성한 사람처럼 헤매고 다니다가 자살까지 시도했다. 죽음과 삶을 헤매는 동안의 꿈속 '환상'이 터닝 포인트가 되었던 것이다. 이것으로 인해 그는 짝사랑했던 여인과 결혼도 했고, 이 곡으로 인해 베를리오즈는 유명 예술인이 되었다.

---

* 베를리오즈의 〈환상〉교향곡 4~5악장을 모티브로 하였음.
** 해리엣 스미드슨(영국 셰익스피어 극단 여배우).

난산

우리의 일상은 먹고 비우는 것이다. 위에서 먹고 아래로 밀어낸다. 아래에서 먹고 아래로 밀어내는 것도 있다. 둘 다 먹어야 나온다. 먹을 때는 좋다. 둘 다 좋다. 좋으니까 먹는다. 먹으면서 좋아한다. 먹지 않으면 나오는 것도 없다. 먹은 만큼 나온다. 나오는 것은 결과물이다. 결과물에는 과거가 있다. 과거는 숨길 수도 없다. 지울 수도 없다. 나오는 것이 있으니까, 만들지 않으면 만들어지는 것은 없다. 나온 것이 있으니까 만들었다. 만들었으니까 나온다.

먹어도 안 나올 때가 있다. 난산이다. 먹어서 나오는 것은 필연이지만, 나오지 않는 경우가 있다. 나는 오늘 아침에 난산했다. 위에서 먹고 아래로 나오는 난산을 했다. 난산은 난산인데 다른 난산이다. 고생고생하면서 난산했다. 진짜 난산을 생각했다. 보통은 아래서 먹고 아래로 나오는 것을 난산이라 한다. 난산은 진통해야 나온다. 진통과 함께 힘을 주어야 나온다. 나도 진통에 힘을 주었다. 진통은 난산이다. 난산은 고통이다. 고통이니까 난산이다.

　아래에서 먹은 난산은 아무나 할 수가 없다. 하는 사람만이 할 수 있다. 내가 오늘 한 난산은 누구나 할 수 있는 난산이다. 난산은 같은 난산이지만, 결과물은 다르다. 결과물은 다르지만, 만족은 같다. 비우면 시원하다. 비우면 가벼워진다. 비우면 홀가분하다. 공정을 비운다는 정답은 같다.

　비운다는 것은 배 속에 있는 것만 아니다. 마음도 비운다고 한다. 욕심도 비워야 한다. 채운 욕심을 비워야 한다. 욕심을 비우는 것은 생각을 비우는 것이다. 비우는 것도 생각해야 한다. 비우지 않으면 들어올 구멍이 없다. 비워야 다시 들어온다. 비워야 다시 채운다. 비우지 않으면 채울 수가 없다. 비우니까 다시 채워진다.

　그러나 욕심은 비우지 않고 자꾸 채우려 한다. 채워도 또 채우려 한다. 한정 없이 채우려 한다. 먹은 욕심은 난산을 하지 않는다. 아니 난산을 하라고 해도 안 한다. 사정해도 안 한다. 그러니까 난산이 아닌 사고를 친다. 병원이 해결 못 하는 사고를 친다. 보통 난산은 병원 가면 해결 된다. 욕심의 난산은 병원 가도 수술도 안 된다. 약도 없다.

　위에서 먹은 난산은 약은 있다. 난산하다가 하지 못하면 병원 가면 된다. 나도 죽을힘을 다해도 하지 못해 병원 갔다. 응급실로 갔다. 아래에서 먹은 난산도 병원을 간다. 병원 가서 의사를 만나는 것도 같다. 의사에게 부끄러운 것을 보여주는 것도 같다. 같은 처지에서 병원을 찾는 것이다. 동병상련하는 것이다.

난산하는 마음도 같다. 나와야 하는데 나오지 않는 것이 공통점이다. 하늘이 노래지도록 힘을 써도 나오지 않는다. 나오지 않은 것을 나오게 해야 한다. 끙끙 앓으며 나오게 해야 한다. 지겹도록 나오지 않는 것을 나오게 해야 한다. 복장이 터지도록 나오게 해야 한다. 숨을 참으며 나오게 해야 한다. 숨이 터져도 나오게 해야 한다.

아래에서 먹은 난산은 혼자 하지 않는다. 구경하는 사람도 있고 받는 사람도 있다.

혼자 하는 난산은 누가 받아주지도 않는다. 고독하게 혼자서 해야 한다. 아래에서 먹은 난산은 아래를 주시한다. 위에서 먹은 것도 아래로 나오지만, 구멍이 다르다. 다른 구멍으로 나오지만, 구멍은 같은 구멍이다. 하지만 성분이 다르다. 생김새도 다르다. 아주 다르다.

난산하면 아프다. 아파도 먹는다. 위에서 먹은 난산은 죽어도 먹어야 한다. 죽도록 먹어야 한다. 먹지 않으면 죽는다. 살아 있으니까 먹는다. 살기 위해 먹는다. 아래에서는 먹지 않아도 죽지는 않는다. 그래도 먹으려 한다. 아파도 먹으려 한다. 아래에서는 아픈 것이 좋은 것이다. 우리 것이 좋은 것이다. 아프면서 좋아한다. 아프도록 좋아한다. 위에서 먹은 아픔은 좋지 않다.

위에서는 많이 먹으면 배 터져 죽는다고 한다. 죽는다고 해도 배 터져 죽은 사람은 없다. 없으니까 자꾸 먹어도 된다. 아래에서 먹은 것은 죽는 사람이 있다. 죽을지 모르고 먹었다. 가는 줄 모르고 먹었다. 죽으면서도 먹을 때는 좋다. 먹다가 죽는다. 죽어도 먹을 때는 좋다가 죽는다. 사람들은 좋았겠다고 생각한다. 죽을 때가 좋았겠다고 생각한다.